LA DOUCEUR DES HOMMES

SIMONETTA GREGGIO

La Douceur des hommes

ROMAN

STOCK

ISBN : 978-2-253-11607-3 – 1re publication LGF

Petite âme, tendre et flottante, compagne de mon corps, qui fut ton hôte, tu vas descendre dans ces lieux pâles, durs et nus, où tu vas renoncer aux jeux d'autrefois... Un instant encore, regardons ensemble les rives familières, les objets que sans doute nous ne reverrons plus... Tâchons d'entrer dans la mort les yeux ouverts.

Publius Aelius Hadrianus,
empereur.

ISBN : 978-2-253-11607-3 – 1re publication – LGF

... ma quante braccia ti hanno stretto
tu lo sai per diventar quel che sei
    (... tant de bras t'ont étreint tu le sais
pour devenir ce que tu es)

        Lucio Battisti, chanteur.

Mon cœur,

Dans mon exubérante jeunesse je fus celle pour qui l'on abandonne. À un âge qui fait de moi depuis long-temps celle qu'on abandonne, je considère avoir été en ces temps-là d'une telle impudeur, d'une telle tran-quillité, qu'il me semble que c'était de l'innocence.

Je pars, ma Constance. Pas la peine de protester, plus le temps de louvoyer.

Il me reste juste deux ou trois choses à te dire.

There was an old woman
And nothing she had,
And so this old woman
Was said to be mad
She'd nothing to lose
She'd nothing to fear
She'd nothing to ask
She'd nothing to give
And when she did die
She'd nothing to leave

Ainsi chantait de sa voix frêle Marie, un délicieux soprano qui avait abandonné la scène trente ans auparavant. Cette berceuse, grand-mère l'avait choisie pour accompagner ses funérailles. Elle avait voulu que ce soit Marie qui chante, sa dernière amie de jeunesse encore vivante.

Le rite était chorégraphié au détail près ; Fosca est – était – plutôt méticuleuse dans les mises en scène.

Je n'arrive toujours pas à en parler au passé. Ça viendra, j'ai bien appris ma leçon sur le temps – une leçon vieille comme le monde sur sa cruauté et sa bienveillance.

« Ce ne sont que les premières larmes qui coûtent, les autres ne font qu'apprivoiser le chagrin », disait-elle.

Depuis que Fosca m'avait quittée, je n'avais fait que dormir. Les deux derniers jours notamment. Je m'étais levée à peine à temps pour venir lui dire adieu avec les autres. Je ne m'étais pas rendu compte d'être à ce point épuisée.

Dans ma poche, je froissai sa lettre.

Toute ma vie, j'ai aimé, bu, mangé, fumé, ri, dormi, lu. De l'avoir si bien fait, on m'a blâmée de l'avoir trop fait.

J'hésite – par timidité ? vanité mal placée ? – à reconnaître devant toi que l'amertume d'une fin à laquelle je n'arrive toujours pas à croire est tempérée par la satisfaction d'avoir mené une vie de bâton de chaise. J'en suis ravie comme d'un pied de nez au diable ; ce n'est pas Dieu qui nous défend de pécher, c'est le diable qui veut nous le faire croire pour nous éloigner de nous-mêmes, pour nous détourner de la vie. Vivre, pour moi, ce fut botter ses fesses rachitiques tout du long...

En fin de compte, ce prétendu gaspillage de jeunesse me paraît maintenant la seule manière souhaitable de vivre. C'est l'avantage de transborder l'amour et ses délicieux mirages jusqu'à un âge avancé.

Je me suis bagarrée avec les hommes pendant plus de soixante ans. Je les ai aimés, épousés, maudits, délaissés. Je les ai adorés et détestés, mais jamais je n'ai pu m'en passer.

Je croyais qu'à force j'en aurais été sevrée : c'était compter sans ce cœur qui n'en a jamais fait qu'à sa tête. Je n'ai été bouleversée, je n'ai véritablement abandonné mon âme qu'en jouant le jeu de l'amour. C'est le seul où l'abandon soit vraiment nécessaire : à quoi bon se garder du délire, à quoi bon se garder tout court ? De l'amour pour un corps, je suis souvent passée à celui pour un esprit, et j'ai aussi accompli le chemin inverse.

L'amour, puisque c'est d'amour qu'il s'agit, et non pas du frottement de deux peaux, a été ma manière de comprendre le monde. Le secret, le sacré s'y rencontrent.

Mais la chaleur des hommes, qui m'a si bien enveloppée, ne fait que me rendre plus odieux ce grand froid qui avance. Il n'y a pas de bras assez puissants pour m'en préserver, dans la nuit qui vient.

Une autre berceuse, japonaise cette fois ; sur une étrange suite de sons tirés d'un instrument à cordes, secs comme des claquements de feuilles de maïs sous le soleil, une voix se leva, fêlée, essoufflée. Je connaissais la femme qui chantait en s'accompagnant du *koto* : c'était Junko, la deuxième femme du deuxième mari de Fosca.

Junko ressemblait à une vieille poupée au visage de pomme restée trop longtemps dans un four. Elle portait une longue robe noir poussière, gris cendré, une couleur qu'elle semblait incarner.

Eyo eyo edirioya eyo eyo e datako seraé.

La berceuse était monotone, la voix se taisait, recommençait, puis sur un sanglot elle s'arrêta. Les graines de maïs s'égrenèrent encore un peu, chapelet d'échos, puis se turent aussi.

De la pièce à côté montaient des rires. Des ouvriers lavaient à grande eau la salle mitoyenne sans penser à ce qui était en train de se passer juste derrière les murs. Ç'aurait pu me mettre mal à l'aise, en fait cela me fit secrètement sourire.

La vie continuait. Ce n'est pas comme si Fosca était partie trop tôt, quand même, pas comme si on n'avait pas pu s'y attendre. Elle était drôlement vieille. Quatre-vingt-sept ans, ça fait presque un siècle.

L'autre jour encore... Dans la pâtisserie où j'étais entrée, en proie à une fringale de tarte aux fraises, le pâtissier m'a fait compliment de mon sourire. Tout d'un coup, j'ai oublié mon mal de dos et mes mille misères ; je me suis redressée comme un serpent qui attaque. Le jeune homme a ajouté : « Vous savez, je ne dis pas ça pour vous draguer, vous pourriez être ma grand-mère... »

Ah, Constance... Les hommes sont cruels quand ils sont tendres.

Ils auront été mon péché mignon. Le seul, car par ailleurs je ne me reconnais aucun vrai péché. Ma conscience ne me reproche que quelques lâchetés et quelques fatigues, à peine des distractions coupables.

Pas la peine de chercher plus loin, les vieilles dames dignes, ça existe.

La voix talquée de Marilyn Monroe chanta « Bye bye baby ».

Tu sais déjà que je t'ai légué la maison, la voiture, et tous mes biens. Mon notaire s'occupera de cela dès ma disparition. Je te laisse aussi dans le freezer des cailles au foie gras, des chapons rôtis et des repas entiers que j'ai concoctés pour toi. Pour chacun de ces dîners, tu trouveras dans la cuisine une fiche avec des suggestions de vin, ainsi que l'endroit exact où ils vieillissent dans la cave.

Sans doute jetteras-tu aussi un coup d'œil à mes petites affaires, ne serait-ce que pour les ranger – et pour t'en débarrasser. Tu trouveras un fatras de choses qui n'ont d'intérêt que pour moi. Tu tomberas peut-être sur l'anneau d'une canette de bière qui fut une alliance

*pendant une heure, sur les arcanes d'un cœur de
Lolita...*

*Je t'ai raconté beaucoup de choses, mais pas tout.
Tu as compris beaucoup de choses, mais pas toutes.*

Quand la voix de Marilyn se tut, j'allai poser sur le
cercueil son plaid et sa canne au pommeau d'argent.
Pour qu'elle n'ait pas froid et pour qu'elle marche sans
se fatiguer, là où elle partait.

Une porte bâilla au fond de la salle, la caisse toute
simple en bois clair commença à glisser dans sa gueule
noire. Une fleur blanche tomba.

Je n'ai regardé personne en sortant du cimetière. Il
avait commencé à pleuvoir. J'aurais tant voulu qu'on
m'attende dehors avec un grand parapluie, et qu'on me
tienne serrée, serrée.

***Objects in mirror are closer
than they appear***

Ma rencontre avec Fosca avait été un coup de foudre. À la fin d'un matin de printemps, il y a juste trois ans, j'étais à Venise ; le canal de la Giudecca ruisselait de lumière, à en avoir mal aux yeux. Les premières hirondelles dansaient dans le ciel, très haut.

J'étais assise à la terrasse du Calle del vento, un restaurant très simple. J'avais devant moi une bouteille de vin blanc et une pile de journaux. J'attendais une friture de poissons, la nappe voletait dans la brise fraîche, les cheveux me tombaient sur la figure. J'étais fatiguée et tranquille.

Une vieille dame aux cheveux clairs s'est assise près de moi, un verre de vin blanc à la main, une pile de journaux devant elle. Elle a commandé une friture de poissons.

Elle m'a regardée, je l'ai regardée.

On a parlé longtemps, jusqu'à en avoir froid aux mains, aux pieds. L'âge n'est qu'une facette de l'être.

C'est elle qui me l'a appris ce jour-là. Le crépuscule est tombé, nous sommes restées recroquevillées sur les marches en pierre entre la ville et le port, à la limite de la terre ferme et de la ville d'eau.

La mémoire restitue des dialogues, les expressions vivantes d'un visage mort, alors que l'on ne se souvient pas de ce qu'on a déjeuné la veille. Lors de cette première rencontre, elle m'a dit, presque textuellement :

« Aimez-les, vos amis, vos amours, aimez-les de toutes vos forces, mettez-y tout ce qu'il y a de plus beau en vous. Quand vous aurez mon âge, vous serez perdue, car peu de gens vous auront connue jeune et belle, vous serez pour tous une vieille dame. Le pire de la vieillesse, ce n'est pas la perte de vigueur, c'est la perte de ceux qu'on aime. »

Fosca m'avoua qu'elle était venue à Venise pour un dernier rendez-vous.

Nous nous sommes mises en route pour ce même voyage il y a une dizaine de jours, au tout début du printemps.

Nous avons vite fait de charger mon bagage de fillette et la malle de duchesse de Fosca dans son auto, une Silver Shadow 1974 d'occasion, finalement moins chère qu'une Mercedes neuve : une voiture qui tombe en panne assez mystérieusement et qui se remet en marche tout aussi mystérieusement. Ça nous ressemblait pas mal, à Fosca et à moi-même.

Cette Rolls, Fosca l'avait achetée sur un coup de tête et payée par chèque moins de dix minutes après l'avoir vue dans la vitrine d'un concessionnaire où elle prenait la poussière depuis mille ans : « Tu comprends, mon chéri, à mon âge on peut se permettre d'appeler les caprices des inclinations. »

Fosca me dit vouer un « véritable fétichisme » à la statuette Spirit of Ecstasy, « une vigie pour moi, un ange gardien ».

Nous avons préparé nos cartes routières, fait le plein d'huile et d'essence. Dans le rétroviseur, la tour Eiffel s'éloignait en robe du soir illuminée. Le phare nous a fait une longue escorte dans le ciel, de la porte d'Italie jusqu'au périphérique, à l'embranchement de l'auto-route du Sud. Je tenais le volant, elle me parlait.

Elle alluma une cigarette avec un vieux Zippo qu'elle avait sorti de son sac. Jamais vu Fosca fumer avant cela. Elle claqua le fermoir comme pour souligner ses gestes. Elle m'amusait, elle avait parfois des manières de gamine. Elle était souvent bien plus fraîche que je ne m'autorise à l'être.

Je ne suis pas une jeune fille de mon âge. J'ai souvent l'impression d'être née dans un autre temps, d'être d'une autre génération. D'être plus vieille et plus enfant aussi. J'ai grandi sans amis, je n'ai pas eu de copains à l'école. Grand-mère se moquait de moi en me disant que j'étais une « jeune fille classique ».

Elle me séduisait, moi qui n'avais jamais fait confiance à personne. Elle m'étudiait sans en avoir l'air. Avec beaucoup de tendresse, certes, mais elle m'étudiait. Fourbe Fosca ? Prudente Fosca, plutôt, qui avait une idée derrière la tête.

J'ai renoncé à une partie de mon indépendance quand j'ai décidé de vivre auprès d'elle, après qu'elle m'eut avoué son mal, il y a quelques mois. Ça m'a reposée de mes propres inquiétudes, de mes angoisses, de mes insomnies. Depuis, je m'en suis félicitée chaque jour.

Fosca exhala une écharpe de fumée. Quand elle reprit la parole, sa voix était rauque.

« J'ai arrêté de fumer le jour où je me suis retrouvée sous la douche avec une cigarette allumée entre les lèvres et une autre entre les doigts... C'était certainement le bon moment. Oh bien sûr, il y avait déjà eu quelques signes avant-coureurs ; par exemple, j'avais envie de fumer alors que j'étais déjà en train de le faire. Il faut toujours que j'arrive à l'extrême limite de quelque chose pour savoir si j'ai vraiment envie de m'arrêter. »

Elle prit encore une taffe, puis écrasa le mégot dans le cendrier propre. Nous n'étions pas encore sorties de la grande banlieue et déjà Fosca avait commencé à me raconter ses histoires. J'aimais beaucoup l'écouter, elle le savait... et elle en profitait.

« Je suis arrivée à la fin de ma vie. Ce n'est pas marrant, je t'assure : l'ai-je aimée, cette vie, qu'il me faut quitter !

« Dire que mes jours sont comptés ne signifie rien. Les jours de chacun de nous sont comptés. Mais si d'habitude on ne distingue pas le rivage, caché à l'ombre du temps et des circonstances, l'âge et la

20

maladie me rendent ce terme visible. Je rends les derniers soins à ce corps que j'ai bien aimé, et qui m'a
bien servi. J'ai été sobre avec volupté. J'ai été volup-
tueuse avec sagesse. J'ai embrassé une philosophie qui
laisse le corps libre, l'esprit lavé ; je me suis roulée
sur le lit de l'épicurisme. Étroit mais propre. »

Grand-mère adorait les belles formules. Moi,
j'appréciais qu'elle adopte le style Marguerite Yourcenar ou Barbey d'Aurevilly pour m'emballer avec sa
morgue de grande lectrice, et illustrer au passage sa
manière d'envisager la vie.

Toutefois, je n'étais pas dupe de ses grandes phrases.
Elle non plus.

« Je suis ennuyée, Constance : il me semblait que te
raconter les choses comme elles sont – comme elles
sont ! – aurait été facile. Il va falloir que je sois impu-
dique. Je vais te faire rougir. Enfin j'espère.

« Tout a été sensuel au cours de mon existence : une
odeur de fleur d'oranger au petit matin, la caresse aux
chats des rues, le foin coupé de l'été. Boire mon café
sur une marche en pierre qui chauffe au soleil, dans
un matin qui s'arrache à la fraîcheur nocturne. »

Elle resta sans parler quelques minutes, puis ajouta :

« Ma vertu, c'est les hommes. Mon rythme, c'est
eux. Leur douceur. Il faut juste leur en laisser la pos-
sibilité, tu sais, le droit de l'être. C'est si dur de devenir
un homme : c'est pour ça qu'il leur faut cacher cette
douceur. Un homme doux transporte avec lui l'enfant
qu'il a été et le vieillard qu'il sera, sa violence et la
fierté de savoir y renoncer. Il est plus doux qu'un père

et une mère, plus doux qu'une gorgée d'eau pour qui meurt de soif. Un homme doux, c'est toute la douceur du monde, c'est la salive sur un genou écorché, et la dernière rose en décembre, et la truffe de ton chien qui te fouille le visage à ton premier chagrin. »

Encore un silence. Encore un soupir.

« Ce qui fait la force d'un homme, c'est sa douceur. »

À Fontainebleau, j'eus envie de quitter l'autoroute. Autour de nous, forêt et odeur de mousse, verdure et feuilles neuves. L'air était tiède, avec une moitié de lune dans le ciel. J'étais affamée, Fosca fit semblant de l'être.

« Allons donc nous taper la cloche. Moi, je n'ai plus le temps de rien, donc le temps pour tout. »

Grand-mère s'envoya les trois quarts d'un meursault, mais sa poularde aux morilles resta intacte dans son assiette. Je ne bus qu'un verre de ce vin que je n'arrivais pas à aimer tout à fait, huileux sur les bords, là où une brume de vapeur se condensait. Fosca aimait son vin blanc un peu trop froid. Contradictions d'une connaisseuse.

Avant elle, je me nourrissais de fraises Tagada, de Coca et de corn flakes. Croques racornis, jambon-purée-coquillettes, lait concentré et Nutella. J'ai toujours été maigre. C'est vraiment un hasard si le jour où on s'est rencontrées dans cette trattoria de Venise j'avais commandé un repas de grande personne.

Le dîner terminé, je voulus reprendre la route. Je voulais aussi que Fosca dorme, qu'elle se repose et reprenne des forces. J'avais envie de regarder se dérouler le ruban de macadam, défiler les arbres, envie de profiter avec elle de ce manège le long de la route.

Pour moi, voyager a toujours été ça, ce moment de rupture qui permet de voir les choses autrement, de casser ses rythmes intimes, d'être à l'affût parce que rien n'est connu d'avance et qu'il faut rester sur ses gardes.

J'exerce – j'exerçais, pour l'instant tout est en stand-by – un étrange métier : je dénichais et testais des « produits touristiques » pour des tour operators. Parfois c'était le faste, le plus souvent des horreurs, des poulaillers confortables au goût hyperdouteux. Il y avait aussi – nouveau segment du marché – des régions où des guerres avaient laissé derrière elles leur traînée de misères, très prisées par un certain tourisme « de niche ». J'allais dans des endroits où il n'y avait rien du tout à voir : c'était particulièrement reposant. Je nageais entre le luxe et le dénuement, dans l'ivresse d'une solitude qui cherche à repousser ses propres limites. Mais la solitude a cela de fabuleux et de pervers qu'elle n'a aucune limite.

Lorsque j'ai rencontré Fosca à Venise, je revenais de Casablanca. Voyage pareil à tant d'autres et pourtant emblématique par l'isolement extrême dans lequel j'avais été plongée et la fatigue intense de cette ville bordélique.

Marrakech-Casa

Le train qui va de Marrakech à Casablanca met environ trois heures et demie pour parcourir à peine plus de deux cents kilomètres.

J'avais fini par arriver dans Casablanca désertée pour cause de match de foot – c'était la finale avec la Tunisie. Pas un taxi à la gare, ou alors sans conducteur, moteur éteint. Personne nulle part, personne aux billetteries, personne dans le kiosque à journaux. J'attendais, les bagages à mes pieds, pendant qu'autour de moi le silence devenait inquiétant. Finalement un petit taxi s'était arrêté. J'avais hissé moi-même les valises sur le toit de la Fiat Panda rouge en grommelant « quel service ! », mais le chauffeur avait fait mine de ne pas entendre. En klaxonnant, nous étions partis à tombeau ouvert dans la ville vide. Aux feux rouges, où nous passions sans ralentir, je fermais les yeux et me cramponnais à la portière poisseuse. Arrivés à l'hôtel, le chauffeur avait les yeux aussi rouges que s'il avait fumé du crack. Il avait réclamé un supplément « pour les bagages ». C'était la première fois que je rigolais de la journée. L'hôtel, un quatre étoiles façon tiers-monde, était miteux, tout en dorures, moquettes à l'odeur de serpillière et fausses fleurs poussiéreuses.

Les deux grosses réceptionnistes avaient des têtes de vicieuses, boudinées dans des vestes noires pas nettes. Leurs lourdes poitrines faisaient éclater leurs chemisiers. Elles cumulaient vernis écaillé, ongles très longs et peaux – envies – rongées.

Elles avaient des mains de filles de films porno : on les aurait dit sœurs, même si elles ne se ressemblaient pas.

De la fenêtre de ma chambre, je voyais la mer scintiller au-dessus d'une étendue de toits qui me rappelait d'autres villes de misère, Tirana, Mexico City, Pristina ; sur le mur d'en face une photo de dix mètres de haut dominait un parking. C'était une pub Nescafé : un jeune type à l'air veule et à la mèche savamment décoiffée tient à la main une tasse rouge. Vêtu d'un marcel pas trop échancré et d'un bas de pyjama bleu pâle, il regarde l'horizon. La fille à côté de lui est plus énigmatique. Des boucles noires encadrent un visage au sourire crispé. On dirait une nana qui, au sortir de sa nuit de noces, vient de découvrir que son mari a un zizi de trois centimètres. Elle fait courageusement front devant la découverte, enserrant dans une main une tasse de Nes et dans l'autre, précautionneusement, une tartine qui pourrait se dégoupiller d'une minute à l'autre. Le haut du pyjama est un peu large, mais ça doit être fait exprès, genre « matin câlin », lui avec le bas, elle avec le haut.

Le jour suivant, au petit déjeuner, dans une pauvre salle aux vitres opaques de pollution, trônait un buffet exclusivement composé de féculents. Le café était une bouillie d'eau dessalée. L'espresso était en supplément. Je regardais l'affiche Nescafé dehors, sur le mur en face.

La sono crachotait « Feeling » à la trompette.

Le serveur toussait. Dehors le soleil brillait, les hirondelles braillaient et la mer étincelait, mais le bruit et les nuages bas des gaz d'échappement gâchaient tout.

Je repartais le lendemain.

Le lendemain, ça me semblait vachement loin.

Heureusement une femme de ménage en passant l'aspirateur m'avait épargné la version de « Yesterday » à la flûte traversière.

L'herbe verte pousse aux endroits que la neige laisse découverts

Pendant notre première nuit dans la Silver, je passai un long moment à conduire en silence et à repenser à tout cela, croyant Fosca endormie.

À trois heures du matin, l'heure à laquelle les sentinelles s'endorment, les malades se réveillent, les amants se tournent le dos, Fosca me regarda, mais c'est comme si elle voyait autre chose à travers moi.

« Il paraît que Lacan, pendant l'un de ses séminaires, a lâché cette phrase : L'amour consiste à offrir quelque chose qu'on n'a pas à quelqu'un qui n'en veut pas. C'est joli, non ? Mais je ne pense pas que ce soit vrai. C'est juste une pirouette, un beau truc de funambule. Les Français sont comme ça ! Ils vendraient père et mère pour un bon mot. Ils confondent souvent intelligence et méchanceté, aussi... En même temps, l'art de la conversation, cette courtoisie de l'esprit français, est inéluctablement en train de disparaître.

« Mon chéri, il m'arrive de te plaindre de vivre en ces temps où la liberté de parole – la liberté tout court, d'ailleurs – se restreint dangereusement : par crainte d'être incorrect, on devient imprécis. Mon époque était bien pire sur beaucoup de plans, mais au moins cette espèce d'hypocrisie banalisée, de découragement fataliste, n'avait pas cours. »

Elle se retourna pour prendre un plaid qu'elle plaça sur ses genoux, absorbée dans ses pensées, cherchant les mots justes.

« J'ai vu le jour dans un nid de femmes. Elles étaient quatre sœurs, tante Léa, tante Ida, tante Marina, et ma mère, Virginia. Maman est morte peu après ma naissance. Ce sont mes tantes qui m'ont élevée.

« Elles étaient toutes nées entre 1889 et 1899, dans une riche famille de négociants en bois ; Léa, l'aînée, était intolérante et lucide, Ida était plus subtile, mais elle avait un caractère brutal. Marina suivait et répétait tout ce qu'Ida disait.

« Elles étaient toutes les trois très belles. Ma mère aussi avait été belle, une Walkyrie coiffée d'abondantes tresses blondes, et comme encombrée de sa vaste poitrine et de ses longues jambes. De quoi rendre fous tous les hommes de ce côté-là des Alpes, car mes tantes et ma mère vivaient dans une petite ville de montagne, Asiago, près de Vicenza, en Italie. Tu le sais, non, que je suis italienne ? Enfin, après toutes ces années d'errance et de France, ça se voit moins qu'avant.

« Où en étais-je ? Léa, l'aînée donc, était bien décidée à rester célibataire. Elle était encore très jeune à la mort de ses parents ; elle prit goût à la liberté et décida de prendre soin de ses sœurs. L'argent ne manquait pas, et elle ne voyait pas pourquoi il aurait fallu qu'un homme le gère à sa place.

« Quant au destin d'Ida, la deuxième sœur, c'est toute une histoire.

« Elle se fiança très jeune à un garçon qui tomba parmi les premiers, en 14. À sa mort, Ida glissa une photo de lui et une mèche de ses cheveux dans un médaillon ovale qui ne quitta plus sa magnifique poitrine, désormais voilée de noir. Elle resta ainsi voilée pendant plus de vingt ans.

« À quarante ans passés, elle retomba amoureuse d'un garçon plus jeune qu'elle, et qui adorait jusqu'à la trace de ses pas. C'était un pianiste, un compositeur assez connu.

« Il ne fut pas parmi les premiers à tomber au front, mais dans les derniers. C'était bien la peine de faire vingt ans de conservatoire pour aller manier un fusil dans une tranchée... !

« Il alla rejoindre l'autre – qui aurait pu être son fils – dans le médaillon, entre les seins d'Ida, toujours vainement vaillants.

« Marina, la troisième sœur, épousa un gaillard formidable, un aviateur qui lui fit un enfant après neuf mois et deux jours de mariage. Elle était alors dans les Pouilles, d'où son héros venait de partir en mission. L'enfant fut déposé sur la paille. En ces temps-là, c'est ainsi que les bébés nés dans le profond Sud italien passaient leur première nuit, pour rappeler la pauvreté et la pureté du Petit Jésus. Le bébé prit froid, et rendit son âme minuscule – pure, sans aucun doute – au bout de quarante-huit heures.

« Entre-temps, le mari de Marina était tombé en pleine Adriatique. On retrouva les morceaux de l'appareil entre Venise et Zara.

« Marina teignit en noir toute sa garde-robe et glissa à l'intérieur d'un médaillon semblable à celui d'Ida la photo du bébé mort et celle du mari tout neuf mais déjà plus d'actualité.

« Trente-deux jours après, on retrouva son héros sur les rivages yougoslaves. Vivant. Accroché à une aile de l'avion. Il s'était nourri de bestioles attrapées au vol, avait bu pluie et urine. Bref, il avait survécu.

« Il mit longtemps avant de s'en remettre. Marina, folle de joie, lui mesurait bouillon de poule et effusions nuptiales. Il voulut reprendre du service, bien qu'on lui ait proposé un poste au sol.

« Au début des années vingt, la compagnie d'aviation Latécoère l'engagea dans son escadrille au sein de l'Aéropostale. Il volait entre Toulouse et Dakar lorsque son avion s'abîma en mer ; cette fois-ci on n'en retrouva pas un seul morceau. Le médaillon avec la photo reprit sa place pour toujours. »

Fosca se tut, puis elle effleura en une rapide caresse ma main qui tenait le volant.

« Je suis née en 1917. L'accouchement fut difficile, et maman mourut deux semaines après ma naissance, le jour précédant son dix-huitième anniversaire. Elle ne dit à personne qui lui avait fait cet enfant. Je restai, ronde, rose, goulue et robuste comme un jeune arbre. Me voilà. Fille de quatre femmes sans mari. Tu comprendras qu'il m'a fallu payer de ma personne pour en savoir un peu plus sur les hommes. L'argument était passionnant, et je m'y suis passionnée.

« La matière n'était pas désagréable à étudier. Mes apprentissages sur la vie, sur moi-même, sur les autres, je les ai faits à travers les hommes. Je te l'ai dit. L'envahissement de la chair est bien plus que cela. Pleurer sur la poitrine d'un amant n'est pas une faute de goût : souvent, même, c'est la seule chose qui reste à faire.

« Mes jolis amants, mes amoureux... belles bouches, belles mains, beaux reins... Tiges de jade, langues de feu. »

Si souvent qu'on eût ensemble évoqué sa vie, jamais Fosca n'avait été aussi crue. Je contractai les mains sur le volant. Un frisson d'affection, d'amusement et de curiosité me parcourut. Je me doutais bien que j'apprendrais des choses pendant ce voyage. Seulement je ne savais pas quand cela commencerait, ni ce qui donnerait le signal du départ... C'était déjà parti.

Dans le noir, je ne voyais que le contour de son visage, flou, et une de ses mains étreindre l'autre, menue, les veines comme des cordelettes bleues sur l'extrême pâleur de sa peau.

« Parfois, l'un d'eux me manque tellement, c'en est douloureux. C'est un instant, une sensation qui revient aussi fort que lorsque je l'ai vécue. Rendue peut-être même plus puissante par l'impression de sentir de nouveau une odeur évanouie, de caresser une peau disparue... mes amants fantômes ! Complices de mes jeux de chaton... Souples fiancés fugitifs, flancs maigres, nuques parfumées, cravates envolées, costumes froissés... bouches menteuses, incompréhensibles murmures, oublieuses étreintes.

« Je me souviens trop bien de la jouissance. La volupté me manque. La brûlure du sexe et des larmes : celui qui te prêchera la paix des sens est un menteur.

« Souvent, le souffle court, je glisse en arrière, comme dans certains films de science-fiction. Je bascule dans un grand trou noir, celui du passé, vois-tu ? »

Je bougeai à peine, me limitant à conduire sans heurts, pour ne pas rompre le charme. Sa voix se fit basse, presque inaudible.

« Je me revois sous la douche en mai 1943, dans la minuscule salle de bains d'un hôtel borgne avec Nigel, mon amant.

« D'ailleurs, ce n'est pas mon amant, pas... comment dire... pas techniquement. Il est marié, nous sommes très amoureux l'un de l'autre... mais ça, non, il ne peut pas. Ça fait des mois que ça dure, j'en deviens folle, de douleur, de rage, d'impuissance aussi. Nous volons des heures pour nous voir quand nous n'en pouvons plus. Nous passons des après-midi entiers sur les chaises inconfortables du Luxembourg à nous dévorer le visage de baisers, à nous dire des mots d'amour. Nous sommes parfaitement seuls en plein cœur de la ville.

« Ce jour-là sous la douche, nous nous embrassons sous le jet qui devient froid, puis brûlant, c'est un hôtel minuscule, rien n'y fonctionne, ni les ampoules près du lit, ni les volets, ni le réglage de l'eau chaude. Je l'aime et je ne peux rien lui donner ; lui aussi m'aime, sans rien pouvoir m'offrir.

« Alors on s'embrasse ; ses cheveux mouillés serpentent, noirs, sur son visage ; je les prends entre mes lèvres, j'en bois la fragrance, cheveux drus d'homme, il s'arrache, reboit à ma bouche l'eau qui y reste. Je me baisse, je me mets à genoux, je saisis ses hanches... »

Je regardai encore, différemment cette fois-ci, les mains de ma grand-mère d'emprunt. Elle les serra plus fort l'une contre l'autre, sans voir mon regard, le visage tourné vers la nuit qui coulait derrière la fenêtre. Elles avaient dû être plus grandes, fortes sans doute. C'était comme s'il ne s'agissait plus des mêmes mains : celles dont elle parlait étaient restées en arrière sur les hanches du garçon.

« ... Alors ses yeux chavirent. Je revois la blancheur de sa peau là où il ne s'était jamais exposé au soleil. La nette démarcation avec ses jambes bronzées et son ventre contracté, si blanc, si blanc, et les poils noirs, comme une longue file de fourmis qui descendait dans l'épaisseur de la toison. Son sexe palpitait, posé sur ma joue. Je sens sa main qui attrape ma tête, qui entortille une grosse mèche de mes cheveux, et qui me guide. La brutalité de la tendresse, voilà ce qui m'a fait défaillir, ma petite fille, toute ma vie. Je crains qu'il ne jouisse déjà, mais il n'est pas de ceux qui ne savent se retenir au bord, tout au bord, pour que ce soit meilleur. Je sais qu'il peut durer, et que j'en aurai les lèvres enflées, la langue fatiguée avant qu'il n'en ait fini avec moi. Je prends garde à ne pas brusquer mes mouvements, dans une caresse qui lui fait perdre pied. L'épaisseur de sa chair, son élasticité, sa saveur étaient celles d'un bébé. Il est si jeune, il en est tout frais. Je le savoure, je le garde sur la crête, je ne le laisse pas redescendre. Je suis si lente par moments qu'il en oscille, tremblant, les yeux fermés. Ce n'est pas la première fois que je le prends dans ma bouche. Ensemble, on a fait à peu près tout ce que peuvent faire un homme et une femme. Mais jamais il ne m'a prise, jamais il ne s'est donné, jamais il ne s'est abandonné en moi. Il peut me lécher tout entière, me caresser des heures, jusqu'à ce que le vide me fasse mal. Je n'ai pas droit au reste. Seule sa femme peut y prétendre. Seule sa femme y a eu droit. Pourtant, des putes qui sucent, ça, il en a eu, le salopard. Il volait souvent aux quatre coins du monde. Il cartographiait les champs de bataille pour l'armée.

« Il n'a jamais aimé d'autre femme que la sienne. Son amie d'enfance et sa première maîtresse, à qui il avait promis une certaine fidélité, à défaut d'une fidélité certaine. Pardonne-moi mon jeu de mots banal. Et moi... moi, je reste là, à attendre encore et encore...

« Quand enfin il jouit, il en devient comme aveugle, il me regarde avec des yeux qui ne voient plus, et il m'injurie, et pendant qu'il jouit – c'est comme un poing qui s'ouvre et se ferme au rythme des battements du cœur, comme le sang qui jaillit par saccades d'une blessure ouverte – il me gifle, comme ça, à toute volée...

« Cet épisode, je ne sais pourquoi j'y pense autant, ces temps-ci. Peut-être parce que quelque chose de cette frustration, de ce manque, revient me hanter, quoique je ne ressente plus cette béance qui me faisait pleurer. Quoique la vie maintenant s'échappe à flots. »

Fosca alluma une Craven A, toussa mais ne l'éteignit pas.

Not thirty seconds...

« Pourquoi vous avait-il giflée, Fosca ?

– Je crois que c'est parce qu'il m'aimait, mon chéri, et que ça l'énervait, ça lui compliquait l'existence. Je crois que les hommes sont un peu simplets, ça les déroute qu'on ne soit pas des jolies fleurs des champs ; ils n'arrivent pas toujours à accepter que l'on prenne les choses en main, au sens propre. Je crois que parfois ils nous en veulent juste d'être des femmes, juste de nous désirer, ou de ne pas nous désirer, d'ailleurs... de ne plus nous désirer, souvent.

« Ça ne te gêne pas, dis, que je te raconte des choses intimes ? Pour moi c'est un plaisir, en te racontant tout ça j'ai l'impression que rien ne finit vraiment. Que le temps passé est une sorte de source qui coule en profondeur, comme certains courants plus froids et plus limpides. »

Fosca s'était tournée vers moi. Son visage fut un instant violemment éclairé par les phares d'une voiture qui nous dépassait.

« Non, ça ne me gêne pas. Mais, s'il vous plaît, racontez dans le noir. Je préfère. Ne m'en veuillez pas. »

Nous étions seules sur cette voie d'autoroute mais je mis tout de même le clignotant et m'arrêtai sur une aire aménagée. Je ne cherchais même pas les toilettes, juste un endroit à l'écart.

Toutes les femmes le savent, le monde n'a pas été conçu pour elles. Les hommes doivent reconnaître que les toilettes des filles sont souvent un peu – un peu – plus propres que celles des garçons, c'est pourquoi ils les préfèrent. Laissant immanquablement la lunette levée, et du coup quand on la baisse on s'en met plein les doigts. Parce que les garçons croient leur vie durant que ce que leur maman leur a collé entre les jambes est une pompe à incendie, qu'il faut secouer dans tous les sens pour éteindre les flammes. Ça, je n'ai pas eu besoin de Fosca pour l'apprendre.

Je revins vers la voiture et m'installai à ma place derrière le volant.

Fosca reprit le fil de son récit.

« On m'a dit un jour que seules les fleurs bleues peuvent devenir tout à fait cyniques. Ce qui est sûr, c'est que c'est la première plaie qui a le plus de mal à se refermer, et là-dessus les cicatrices se succèdent, à la fin on n'est plus qu'une masse de bleus et de bosses plus ou moins anciens, mais on avance quand même, on se relève encore, et parfois on n'est pas encore relevé qu'on est K.-O. à nouveau, et alors il faut surtout respirer pianissimo et se faire oublier. Puis la lumière s'infiltre doucement et l'envie de vivre revient. En attendant, on peut toujours se mettre en boule comme un chat, et faire semblant de n'être pas là. »

Fosca posa la nuque sur l'appuie-tête et ajouta :

« Nigel fut mon deuxième non-amant. Le premier était mon mari. Mais ça, je te le raconterai demain. »

Le sommeil lui tomba dessus d'un seul coup. Ça lui arrivait de plus en plus fréquemment. Je m'arrêtai, je la pris dans mes bras et la couchai sur la banquette arrière. Elle ne pesait plus rien, moineau aux os creux.

Je m'endormis à ses côtés pour quelques heures.

Baby-foot blues

Curieusement, nous étions plutôt en forme, presque euphoriques, après le court sommeil de cette première nuit. D'ailleurs, Fosca recommença immédiatement ses histoires, une tartine à la main.

Je fus un peu surprise quand elle me parla mariage. Jusque-là, elle n'avait pas trop insisté sur cette partie de sa vie.

« Tu sais, mon petit chat, je me suis mariée deux fois.

« La première fois, j'avais dix-sept ans, j'étais aussi sotte que possible, aussi jolie qu'on peut l'être. J'étais toute neuve. Tante Léa gémissait : Pauvre petite, qui va devoir dormir cette nuit avec un type qu'elle ne connaît pas, et qui n'est même pas de la famille !

« Il s'appelait Camillo Sprovieri, c'était le frère de l'amie intime de tante Ida. Il fréquentait peu la maison pendant les événements, comme on appelait chez moi les signes avant-coureurs de la guerre.

« Les événements, c'était un mot de Léa, et on l'avait tous adopté : comme si le fait de ne pas nommer les choses pouvait les nier. Au printemps de cette année-là, Hitler s'était attribué les pleins pouvoirs, et à l'automne le ministre des Affaires étrangères et le roi Alexandre Ier de Yougoslavie avaient été assassinés, mais chez nous on parlait plutôt de la Bugatti 57 Stelvio. La voiture avait été présentée au Salon de Paris en octobre, et on en avait commandé une qui devait nous être livrée en mars 34.

« Camillo avait débarqué un après-midi à l'heure du thé. Je m'ennuyais ferme, les mains occupées à une broderie, l'esprit errant dans le jardin déjà assombri par le crépuscule. Je ne me retournai même pas pour le regarder. C'était un adulte : pour une toute jeune fille, tous les adultes de vingt-cinq à soixante ans se ressemblent. Avec sa trentaine bien sonnée, je n'imaginais pas le traiter autrement qu'en monsieur.

« Il est venu vers moi, a pris ma main dans les siennes et l'a effleurée de sa moustache. Je me souviens de ses poils lustrés, de la blancheur à peine aperçue de ses dents entre les lèvres ; ça m'avait évoqué une bête.

« J'avais répliqué, dédaigneuse et frissonnante, qu'on ne fait de baisemain qu'aux femmes mariées. Il m'avait répondu que, si ça ne tenait qu'à lui, je serais déjà mariée. J'étais restée muette.

« La deuxième fois que je l'ai vu, nous étions à un pique-nique et, à nouveau, il m'a embrassé les doigts. Cette fois-ci, je l'ai regardé d'un air railleur. Il m'a dit : Je sais, pas de baisemain en plein air. Mais vous, je vous embrasserais n'importe où. Et pas que les mains.

« Quelques mois plus tard, à la consternation de mes tantes, j'étais mariée.

« En fait il n'y a pas grand-chose à dire de cet acquiescement de jeune fille qui ne savait rien et qui voulait croquer la vie au plus vite. Ce fut plus un envol, une curiosité, qu'un amour véritable. Mon premier mari fut un prétexte, une fuite. À dix-sept ans, j'étais un petit animal lucide et décidé, féroce parce que craintif, cruel par trop d'innocence. »

Elle mâchonna sa tartine, renifla ses mains sur lesquelles une goutte de beurre fondu venait de tomber, ses pensées. Elle n'avait pas faim, comme d'habitude. Pas plus que Léa à la fin de sa vie...

Au moins n'avait-elle pas encore sorti sa boîte à pilules. J'aurais presque pu croire que tout allait bien. Ce voyage ne serait pas le dernier et Fosca ne me serait pas enlevée.

Elle vit tout cela passer dans mes yeux.

« Petit chat, pourquoi me regardes-tu comme ça ? me demanda-t-elle.

– J'admirais votre tenue, Fosca. »

Elle m'examina, goguenarde. Je soufflai et lâchai le morceau.

« Votre stoïcisme.

– Voilà que tu te trompes encore sur ta vieille amie. Ce n'est pas du stoïcisme. C'est la conviction d'avoir tiré de mon corps ce qu'il pouvait me donner de mieux, et de l'avoir traité avec la plus grande honnêteté. Je suis passée de la poursuite du corps de rêve – dans ma jeunesse, comme beaucoup de femmes – à celle du corps de trêve. Maintenant, l'absence de douleur est déjà une joie ; il faudra qu'on avise par la suite, mais ce n'est pas le moment. »

Elle contempla sa tartine comme si elle se demandait ce qu'elle faisait là.

« Je n'ai guère le goût de la mortification, reprit-elle. Je n'ai jamais pensé que la douleur lave les taches, que la rédemption passe par la souffrance. Au contraire. La douleur est une mauvaise coutume. Une sale habitude. Les gardiens de la doctrine ont pendant longtemps détesté le corps, adoré le détester... ou feint de le

m'observa de plus près. Sans me regarder vraiment. Sans me voir.

« 1771, c'était le nom du parfum de Léa. Je ne sais pas si on le fabrique toujours.

« Tu sais comment elle est morte, Léa ? Je t'ai déjà raconté tellement de choses, parfois j'oublie... dis-moi quand je me répète, s'il te plaît. Je ne veux pas ressasser, je n'en ai pas le temps, et même si tu es une bonne petite, tu n'as pas assez de patience pour tolérer cela, ne me dis pas le contraire. »

Ce que je n'ai pas dit à Fosca, jamais, c'est que quand elle me faisait part de ses souvenirs elle ne se répétait pas. Elle n'oubliait pas non plus ce qu'elle me racontait. C'était juste comme si chaque fois elle abordait les choses différemment. Je ne dis pas qu'elles étaient différentes. Je crois qu'elle savait très bien séparer la réalité et le conte, le souvenir et l'instant. Je n'avais rien à lui répliquer, et ses faux-fuyants, nous les acceptions toutes les deux, comme un tribut à payer à une certaine idée de la vérité.

Et puis, aussi, je crois qu'elle était un peu susceptible.

« Je venais d'avoir trente-cinq ans – ton âge, à peu près – quand Léa est morte. Elle en avait donc... laisse-moi compter... soixante-trois.

« Elle était aussi énergique, aussi intolérante et sage, aussi gentille et brusque que toujours. Les années l'avaient... caramélisée, comme une pomme d'amour.

Seulement, elle était très maigre, elle ne se nourrissait plus que de café au lait très sucré.

« C'est arrivé par une matinée superbe. Tante Ida venait de m'apporter au lit une tasse de chocolat et un croissant, tante Marina la suivait comme d'habitude, répétant tous ses mots et gestes. Une fois encore, contrainte par un rite immuable, je dis à tante Ida que je ne voulais pas de chocolat au petit déjeuner, et pas de croissant non plus, que je ne prenais qu'un café noir serré, double si possible, et ce depuis au moins vingt ans.

« Ida me serina – le rite étant ce qu'il était, il fallait y sacrifier jusqu'au bout – que le matin il faut manger, même si on ne mange rien d'autre dans la journée.

– ... rien d'autre dans la journée, ajouta Marina.

– ... et surtout si on veut maigrir..., dit Ida.

– ... ah oui, surtout si on veut maigrir ! la coupa Marina.

« Marina suivit Ida, elles se placèrent de part et d'autre de la baie vitrée et amassèrent les lourds rideaux dans les nœuds coulissants en soie. La poignée de la fenêtre résistait, l'humidité avait travaillé le bois. Marina et Ida se mirent à deux pour ouvrir les battants, qui cédèrent d'un coup.

« Alors on vit Léa passer devant la fenêtre. Elle tombait de l'étage du dessus, en un tourbillon de jupes, jupons et chemisier à volants, un papillon moiré pris dans une bourrasque. »

Impasse de la rose effeuillée

« Le silence qui suivit fut très long. Puis mes tantes se précipitèrent en bas tandis que je montais à l'étage supérieur. Mes pieds pesaient des tonnes. De la fenêtre d'où Léa avait chuté j'ai vu mes tantes jetées les unes sur les autres comme des fagots de blé mal fauchés au milieu des fleurs piétinées. Le corps de Léa gisait dans un parterre de cosmos blancs. Le sang est noir plutôt que rouge, on n'imagine pas.

« Je remarquai aussi autre chose : le drap que Léa était en train de secouer était accroché à un clou rouillé qui sortait du mur, juste en dessous du balcon. Elle avait dû chercher à le dégager, peut-être avait-elle tiré dessus et était-elle tombée, entraînée dans son élan par le poids de son corps. Cela nous laissait une bonne marge de doute.

« L'extrême, l'ultime courtoisie que Léa a montrée à notre égard tient dans cette incertitude. »

La tasse de café au lait tenue à deux mains. Un petit déjeuner à des années-lumière des petits déjeuners parisiens : la grosse couche de peau de lait frissonnait à la surface de la tasse fumante. Fosca lapait, moi j'aspirais. Nous aimions ça toutes les deux, la peau du lait.

Malgré ce qu'elle m'avait raconté, j'avais dévoré ma tartine de gros pain beurré et maintenant je guettais celle que Fosca avait à la main. Elle restait perdue dans

détester. Il fallait que la grâce passe par l'ascèse, et l'ascèse par le martyre. Les fanatiques de tout poil se ressemblent en cela, d'ailleurs : par l'obligation de transcender le corps, en le méprisant au passage.

« Un jour, dans un hôpital, j'ai entendu une bonne sœur au chevet d'un enfant malade demander aux parents d'offrir la souffrance de l'enfant, et la leur, à Dieu. Je l'aurais étranglée. Puis j'aurais offert sa douleur à Dieu.

« Quand je t'observe, quand je contemple la perfection de ton mollet, la tendresse du duvet à tes tempes et sur ta nuque, quand je respire ta bonne odeur propre, ma petite fille, je suis comblée. La santé est une vertu. La vertu, ça rend heureux. Le bonheur rend aimable et doux. Et les doux iront au paradis. »

Dragon fly

Nous reprîmes la route. J'avais envie de rouler au hasard. Je voulais continuer de profiter du luxe du voyageur, de cette divine légèreté qui permet de vivre plusieurs vies dans une journée et d'oublier la sienne. Nous écoutions de la musique classique à la radio. Silencieuse, recroquevillée dans son coin, grand-mère devait être épuisée. Soudain Beethoven glissa vers un rap tonitruant et ma passagère feula comme un chat.

Elle alluma la première Craven de la journée, la scruta, curieuse, toussa un peu, presque pour la forme, puis l'éteignit soigneusement dans le cendrier et la jeta par la fenêtre, laissant entrer un peu d'air frais.

Il faisait bon dans la Silver. Tout filait comme le paysage, dehors. L'intelligence de Fosca vous rendait intelligent. Elle savait partager sa liberté, la provoquer aussi. Et elle croyait dur comme fer aux valeurs de l'impertinence.

« Je déteste les mariages, aussi bien les miens que ceux des autres. Les miens, pour des raisons qui me sont propres. Et ceux des autres m'emmerdent. La cérémonie, les rites, les gens. Les cadeaux. Pas grand-chose à voir avec l'amour. C'est un contrat qui convient aux deux parties pour différentes raisons. Un besoin d'être rassuré... comme si l'amour pouvait être rassurant. Autant mettre un tigre en cage.

« Pour être témoin de cette vaste plaisanterie, il faut faire des offrandes, petites cuillères en argent, vases en cristal et services à thé recyclés. Mais qui a besoin d'une théière pour faire l'amour ? Il m'aura fallu du temps pour le comprendre, mais après, est-ce que j'ai demandé à quiconque de venir se pencher sur mon lit avec une théière ? de me tenir la bague pendant que... bref.

« Il paraît que les femmes donnent du sexe pour être aimées et les hommes de l'amour pour avoir du sexe. Ce n'est pas tout à fait faux. Mais le contraire est vrai aussi. Combien d'hommes sont des moines, affligés de femmes lubriques ? Et on réglerait la chose avec cette culbute qu'on appelle mariage ? »

Elle continua plus bas :

« J'aimerais que ce soit aussi simple. En ce qui me concerne, j'ai procédé par tâtonnements : j'ai été empirique. Disons que mon premier mariage était nul et non avenu, et que le deuxième a duré parce que, toujours assez jeune, j'étais encore un peu bête. Ma seule justification a été, dans les deux cas, cette longue jeunesse. Mais à force d'être jeune, on finit par l'être un peu moins. Mon premier mariage a été une attente ; mon courtois prédateur s'est transformé en un compagnon attentionné qui me tenait la main pendant que je sanglotais. Je ne savais pas très bien pourquoi j'étais malheureuse : c'était comme si on m'avait promis un beau jouet qu'on ne m'avait finalement pas donné.

« Pour la première fois j'étais confrontée à moi-même et à une vraie épreuve, même si je ne savais pas la nommer. Camillo me rejoignait de temps en temps dans notre grand lit mais je le désintéressais très vite, et il s'en retournait sur le canapé de son studio. Il n'avait aucune envie de moi, et moi, je ne savais même pas ce qui ne marchait pas.

« J'ignorais ce qui aurait dû marcher. Je me défendais. Camillo n'a même jamais frôlé l'instant où la fillette la plus sauvage se rend, où la pudeur de l'enfance devient curiosité, puis embrasement. Tu ne trouves pas ça drôle ? Je t'ai promis de te parler des hommes et du désir, mais pour l'instant je n'ai évoqué que deux hommes qui n'ont pas vraiment voulu de moi. »

Au bout d'une longue minute de silence, j'osai lui demander :

« Finalement, vous êtes restée vierge, Fosca ?

– Oui, mon chéri, j'ai gardé mon pucelage tout le temps de mon mariage. Mariage qui s'est terminé le jour où j'ai découvert Camillo dans la chambre de Valentine...

– C'était qui ?

– Une cousine. Je l'aimais beaucoup, et elle m'adorait.

– Comment a-t-elle pu vous faire ça, alors ?

– Pauvre Valentine. Elle n'a jamais su qu'elle en avait été la cause. J'ai découvert Camillo dans sa chambre, chemise à l'air et pantalon baissé. Il était au pied de son lit, rouge et exorbité. C'était l'après-midi, à l'heure de la sieste. Il ne la touchait pas, il était juste là. Il a tourné la tête vers moi et m'a regardée comme s'il me voyait pour la première fois. Valentine avait neuf ans. »

Plombago Mediterraneo Nostalgia

Nous passâmes la nuit dans une immense chambre d'hôtel à Menton, à la frontière entre l'Italie et la France. L'hôtel était vieillot, chic et un peu sale. Les radiateurs, pas tout à fait froids. De grands palmiers brassaient l'air devant les fenêtres, on transpirait dans une tiédeur suspecte.

Fosca s'était vite endormie, exténuée. Au cours de ce voyage, je me suis sentie en veilleuse la plupart du temps, sereine bien que consciente de ce que j'allais perdre.

Fosca m'avait arrachée à ma retraite acharnée, à mon travail sans jours fériés, une façon pour moi de proclamer mon identité et mon autonomie.

Mes chambres d'hôtel étaient les lieux symboliques de ma liberté, les étapes de ma fuite en avant.

Il y a eu celle de Cuzco, celle de Delhi, celle de Varsovie, celle de Mexico, celle de New York, celle de Berlin, celle de Capri. Des îlots dans des endroits totalement étrangers, qui prenaient mon odeur l'espace d'une nuit.

Il y a eu toutes celles de Marrakech, toutes celles de Rome, toutes celles de Paris ; et celle de Naples, celle de Pristina, celle de San Francisco.

Il y en a que j'oublie.

La routine était toujours la même, lorsque je rentrais dans ma chambre, avec de tels *jet lags* que j'en étais hébétée : ouvrir ma valise, en sortir deux ou trois vêtements, leur redonner forme. Écouter les infos sur CNN, prendre une douche avec Madonna ou George Michael assaisonnés par quelque crooner du cru. Dans un *top ten* au Pérou, le chanteur, avec sa grosse moustache pommadée et ses yeux de braise, était le jumeau séparé à la naissance d'un chanteur de Delhi, macho à la voix de velours. Tous les deux obèses, tous les deux chantant ce chœur idéal pour vierges folles, *besame, soavemente besame, intensamente besame.*

Puis regarder dans le frigo, mignonnettes de whisky, demi-bouteilles de vin blanc, micro-bouteilles d'eau hors de prix, parfois un Toblerone dont je me contentais en guise de repas, en peignoir sur le lit à regarder des trucs à la télé – soixante-seize canaux incompréhensibles. Une fois j'ai vu quatre heures d'émission consacrées à l'histoire du festival de Sanremo. C'était un dimanche matin, j'arrivais d'un endroit où c'était le soir. L'émission était en turc.

Parfois je descendais dîner toute seule dans le restaurant de l'hôtel, où je me faisais bichonner par des maîtres d'hôtel charitables. Parfois – plus rarement qu'on ne pourrait le croire – je me faisais draguer par des ectoplasmes aussi esseulés que moi. Je ne leur laissais jamais le moindre espoir, mais je leur en étais reconnaissante. Parfois je me bourrais la gueule au bar des palaces, je gîtais jusqu'au lit et m'endormais tout habillée.

Mes chambres d'hôtel.

Le temps arrêté et ces réveils douteux, quand, avant d'ouvrir les yeux, les rêves et la réalité se mélangent.

Ce n'est pas encore la réalité et ce n'est plus le rêve.

Pendant ces moments-là, je ne sais pas où je suis. Ma chambre où je dors tourne sur elle-même. Le lit est-il devant une fenêtre, la fenêtre est-elle ouverte, y a-t-il une fenêtre et sur quel lit suis-je étendue ? Y a-t-il un lit ?

Parfois je n'ai dormi que quelques minutes en avion, éreintée. Une fois j'ouvre les yeux et, tout autour, c'est le désert. Le soleil est déjà haut, j'ai mal partout lorsque j'essaie de bouger, la dune dans la nuit a été balayée par un petit vent froid. Un enfant, noir comme de l'encre, en short rouge et veste de costume rayé à même la peau m'observe, accroupi pas loin.

Puis d'autres enfants silencieux s'avancent dans le sable. Je me lève et frappe dans les mains. Tout le monde disparaît, sauf le premier enfant, qui reste immobile.

Un bruit me tire du sommeil à Montréal. J'ouvre les yeux devant une grande baie vitrée. Derrière, des bureaux illuminés. Aucun mouvement à l'intérieur. Entre les tours, le ciel est noir. Il neige. J'enroule le drap autour de moi, je tire les rideaux, je suis bien, je ne suis personne.

Éveillée par un décalage horaire d'enfer à Banff Spring, après deux heures de mauvais sommeil. Six heures du matin, ciel pur au-dessus des montagnes, juste avant le premier rayon de soleil. Les crêtes blanchissent. Une moustache cotonneuse s'effiloche sur une pointe acérée. Le ciel se raidit, refroidit. Un doigt de lumière caresse le flanc d'une montagne puis blondit une forêt de sapins, au loin. Je me rendors à la fenêtre, un oreiller pressé contre la vitre.

Sommeils étranges, étranges réveils. Je traversais des journées et des lieux qui se mélangeaient aux rêves fiévreux du voyage. Une fois, en Angleterre, je me suis endormie dans un parc. Revenue à moi sous une fine pluie tiède de fin d'été, j'ai vu tout près un panneau où il était écrit : CAUTION DEAD SLOW DOWN CHILDREN

PLAYING. « Attention, les enfants morts jouent lentement » ?

Je n'ai jamais été de nulle part, j'ai été partout de passage, jusqu'à Fosca. Même chez moi, dans ma maison, je n'étais pas chez moi. J'en suis partie à la majorité et n'y ai plus remis les pieds. Je téléphone à maman de temps en temps. Ça m'a toujours fait drôle de devoir l'appeler par son prénom, Pauline. Élevée par une famille d'accueil, elle s'est retrouvée enceinte de moi à dix-sept ans, alors qu'elle n'était encore qu'une toute jeune fille. Je crois que c'est pour ça qu'elle ne supporte pas que je l'appelle maman... Mon père l'a épousée, contraint et forcé, et depuis ils cherchent tous les jours un nouveau moyen de se faire du mal. Pas un grand mal, non, juste un petit mal sourd, de ceux qui empêchent de respirer librement. Drôle de couple, dont le lien semble être une commune recherche du malheur, un lien qui se révèle pour eux bien plus fort que la normale quête du bonheur, puisqu'ils vivent toujours ensemble.

Fosca a été la ligne de partage entre le temps d'avant et celui d'après. Elle m'a appris qu'il faut plus de courage pour être heureux que pour être malheureux. Et avec elle je commence à ne plus m'en vouloir. À croire que ce n'est pas ma faute si je n'ai pas été aimée.

Elle savait comment me bousculer, aussi, et ne s'en priva pas à la table du petit déjeuner, dans notre suite à Menton, le matin suivant.

« Rien à fiche de tes cheveux trop courts, de tes épis en bataille. Souris-moi, mon petit cœur ! Tu n'auras jamais mauvais genre, ce n'est pas ton genre. Qu'est-ce qu'elle a encore, ta tête... Je t'ai toujours connue avec cette tête-là, tu sais, ce n'est pas de ce matin... Comment ça, quelle tête ? la tête d'une jolie fille un peu garçon manqué, fondamentalement honnête et plutôt chic.

« Allez, arrête de faire le museau. Souris-moi, je t'en prie... Voilà, c'est déjà mieux. Qu'est-ce qu'il y a ? Tu n'as pas bien dormi ? Tu n'as pas dormi du tout ? Quelle honte, moi qui dormais comme une bûche au lieu de te tenir compagnie ! Je le sais bien que tu ne m'en veux pas. Qu'as-tu fait de ta nuit, alors... Pensé... mais penser la nuit, ce n'est pas la même chose que penser le jour.

« *Le sommeil de la raison engendre des monstres*, ça vaut aussi pour les vains raisonnements nocturnes. Souvenirs que l'on ressasse, vieilles injures jamais avalées, insuccès dont on se fait des montagnes. Amours mortes. Je connais, va. Je n'ai qu'une chose à te dire : quand je ne dormais pas, c'est que je ne faisais pas confiance à la vie. Rester éveillée était une manière de ne jamais faire baisser la pression, une sorte de chantage au sort. Dis-toi bien que, au fond, tes heures sup' de tourment, tu aimes ça. C'est de ton âge, mais plus du mien : j'ai autre chose à faire, la vie qui me reste va définir ma mort. Tu préférerais que je dise trépas, ou décès, ou disparition, je crois... même départ t'irait ?

« Non, je préfère quant à moi ce mot définitif. J'ai retenu de mon catéchisme, de ces équipées bizarres entre purgatoire et paradis, qu'il vaut mieux brûler une demi-seconde en enfer que bouillonner un temps indéfini au purgatoire. Quant au paradis... s'il y flottait la même odeur de fleurs d'oranger que ce matin, je pourrais promettre de m'amender. C'est commode, non, le repentir ? Et en plus, c'est tellement jouissif ! On retourne sur le lieu du crime, et on en extrait les dernières gouttes de plaisir.

« C'est bien, petit chat. Ton sourire est revenu. Ne me prive pas de ça, ces prochains jours. J'en aurai bien l'utilité... et cesse de te cacher derrière *Le Monde*. En plus il est déjà vieux... On y va ?

– On va où ? On continue ?

– En quelque sorte... on va aller là-haut sur la colline, dans un jardin que je connais, et s'asseoir sur un banc au soleil. Je te raconterai les suites de ma mésalliance avec Camillo. »

L'ombre nous rattrapa sur la route reliant Menton au Val de Gorbio. La grille de la Serre de la Madone était fermée avec un cadenas qui tenait plus du jouet que d'une interdiction. Le lieu était désert. Puis apparut un garçon déguenillé, visage fermé et grandes mains pleines de terre, qui nous ouvrit et nous précéda. Au premier tournant du chemin, il avait disparu.

Nous nous arrêtâmes près d'un énorme cyprès où grimpait un rosier. Les roses, grosses et fermes, avaient un « incarnat de fillette excitée », comme le souligna Fosca qui n'en perdait pas une.

Elle me raconta qu'elle avait séjourné ici des années auparavant, avec ses tantes. Léa avait bien connu le major Lawrence Johnston, le propriétaire.

« Il est de ces lieux, ajouta-t-elle, maisons abandonnées aux lustres éteints, salles restées à moitié béantes après un dernier bal, à jamais habités par la grâce. Et des jardins peuplés de fées, comme celui-ci. »

Fosca soufflait, plantant sa canne bien loin devant elle, pendant que je faisais semblant de m'absorber dans la contemplation d'une pâquerette pour l'attendre sans la mortifier. Nous arrivâmes enfin sur un faux plateau, une pelouse couverte de rosée. Au milieu, deux très vieux pins d'Alep jouaient avec la perspective.

« Regarde, Constance : la pergola, l'orangerie, les escaliers en pierre qui descendent aux grands bassins, la tonnelle, le jardin mauresque, la grande maison jaune... Le major a consacré tout son temps, tout son enthousiasme, tout son argent à la Serre.

« De ses fréquents voyages, il avait rapporté des plantes alpines, des camélias rares, des daturas et des pivoines de Chine. Puis la guerre l'a obligé à abandonner la villa.

« Je le connus lorsqu'il en revint. Le monde entre-temps avait changé, mais il feignait de ne pas le voir. Son jardin avait beaucoup souffert, et il n'arrêtait pas d'y travailler, comme si tout pouvait redevenir comme avant.

« La guerre, c'est non seulement la mort et la dévastation systématiques, mais aussi la victoire des pires instincts. Des instincts qui mènent immanquablement à la ruine de tout ce qui est beau et bon, comme si la seule manière de s'approprier la beauté lorsqu'on s'en sait indigne était sa destruction.

« Le major a erré dans son jardin piétiné jusqu'à sa mort. »

On entendait le lent travail du jardinier, ses coups de pioche méthodiques, pendant que Fosca me montrait les orchidées qui fleurissaient dans les pots ébréchés, recollés et verdis par la mousse.

Il y avait un sabot-de-Vénus – son nom était écrit à la main sur un petit bout de bois fiché dans la terre – couleur de chair tuméfiée qui me troubla, avec sa poche gonflée et l'obscénité des pistils. Je restai un bon quart d'heure à le regarder et en me redressant je fis craquer mes genoux. Fosca m'examina les sourcils froncés puis me prit la tête dans ses mains sèches et m'embrassa le front.

Nous traversâmes le jardin mauresque où la pluie avait dessiné quelques rayures sombres parmi les azulejos. Une porte de la villa était entrouverte, Fosca la poussa avec une désinvolture de propriétaire. Les volets laissaient filtrer des rayons où dansait la pous-

54

sière. Punaisés au mur, des dessins de fleurs et d'insectes, souvent accompagnés de poèmes brefs – comme des sanglots, selon Fosca, qui ajouta, tout bas : « Ce doit être la tanière de Mellors... le garde-chasse de lady Chatterley... le jardinier poète... »

En sortant nous nous arrêtâmes devant un figuier dont les fruits n'étaient pas accrochés aux branches, mais directement à l'écorce de l'arbre, une espèce de *freak* végétal. Dans un coin plus sauvage du jardin, des fleurs jaunes sentaient fort le genêt et le romarin – des cornilles, sorte de petits fayots sauvages, m'apprit Fosca, qui m'avait révélé au cours de cette matinée une érudition que je ne lui savais pas.

« Les jardins ont un langage secret, ma douce. Les passionnés parlent polymorphe comme certains grands obsédés sexuels, on discute ficus ou sycomore, bulbe précoce, brugmansia incertaine... c'est le métalangage des initiés, de ceux qui se lèvent la nuit pour voir une certaine nuance – aussi rare que le rayon vert – se dégager d'une *vicious hechtia.* »

Je m'assis aux pieds de grand-mère, qui avait trouvé place sur une chaise en fer-blanc rouillée. Elle me serra entre ses genoux et me caressa les cheveux. L'ombre était lumière, j'étais bien.

Minima moralia

« Deux confidences : personne ne mérite tes larmes, mais si un jour tu rencontres cette exception, l'être qui les mérite, sache qu'il ne te fera pas pleurer. Il est très probable que ce soit toi qui le fasses pleurer.

« Et la deuxième : il suffit de très peu de temps pour tomber amoureux – d'un jour de grand vent ou de distraction un peu solitaire, de soleil ou de pluie malvenue, de pas grand-chose en fait – mais on a besoin ensuite de tout son temps pour endiguer la vague. Et on n'y arrive pas. Ça s'estompe, mais c'est là, ne t'y trompe jamais. Ça fait partie de toi, de tes joies et de tes pleurs, de tes batailles gagnées et de celles que tu perdras.

« Une dernière chose : prie pour qu'il te soit donné de vivre l'un et l'autre état.

« Maintenant, je peux te raconter ce qui s'est passé avec Camillo : il ne s'est rien passé. Absolument rien. Scandaleusement rien. Oh, un rien très long, bien sûr. Il a fallu quelques années – ce n'était pas la priorité, à ce moment-là – pour obtenir une annulation de mariage en bonne et due forme, signée par le Saint-Père. Une femme gynécologue, la première femme gynécologue du pays, d'ailleurs, immédiatement débauchée, enfin si j'ose dire, par la Sacra Rota du Vatican, m'a visitée et a constaté que mon hymen était toujours intact.

« Ensuite on m'a convoquée à la curie, et on m'a soumise à un interrogatoire qui a duré au moins sept ou huit heures. C'était une magnifique journée de mai, le soleil entrait par les vitraux colorés de l'énorme pièce aux fresques effacées. Il y avait là un très vieux pourpré confortablement installé sur une sorte de trône en bois, qui gardait les mains en coquille sur son nombril, dissimulées sous une couverture posée sur ses genoux ; à sa droite un homme qui ressemblait à une fouine prenait des notes, à sa gauche un autre me regardait comme s'il n'avait encore jamais vu une femme. Souviens-toi que j'étais encore une toute jeune fille guère habituée à retenir l'attention des adultes aussi longtemps. Je crois que je me sentais flattée.

« Je savais que ma blessure venait finalement plus de mon orgueil que de mon cœur. C'est l'une des choses sur lesquelles on se trompe fréquemment en amour. J'ai eu la chance de le découvrir très tôt.

« J'ai fait mon intéressante. Parler de soi à quelqu'un qui vous écoute, c'est enivrant.

« J'ai raconté ma mère morte, les tantes, Camillo, la petite Valentine.

« La fouine a tout noté, et on m'a laissée partir vers quatre heures de l'après-midi.

« Mon chauffeur m'attendait en bas, au volant de ma nouvelle voiture. Depuis notre séparation, mon mari m'avait couverte de cadeaux, parmi lesquels une Maserati 8CM qui était pour moi comme un gros jouet encombrant, ainsi qu'un magot bien placé.

« Ce n'est pas qu'il se sentît coupable, pourtant. Il m'avait patiemment prise à part, quelques jours après que je l'avais surpris dans la chambre de la petite cousine, et m'avait expliqué que ses goûts allaient aux fillettes prépubères – de huit à douze ans. Il avait pensé que mon jeune âge, jeune sans être extrême, l'aurait guéri de ces trop grandes verdeurs, mais ça n'avait malheureusement pas marché. Il me dit qu'il m'aimait vraiment beaucoup par ailleurs, et ne voulait pas que je sois triste. Et lorsque je lui demandai s'il ne pensait pas qu'en agissant ainsi il mettait à mal de malheureuses gamines qui n'avaient rien demandé, et dont en tout état de cause il aurait plutôt dû protéger la pudeur, il tourna la tête et ne me répondit pas tout de suite. Quand il me regarda de nouveau, je vis que ses cils étaient mouillés. Il avalait bruyamment sa salive, comme un môme contrarié. Il bredouilla que je ne savais pas, que je ne savais rien... que certaines toutes petites filles s'étaient littéralement jetées à sa tête. Je me souviens des questions que j'aurais voulu lui poser. Je me souviens que, au fond, je ne croyais pas à ses pleurs, mais curieusement – c'était peut-être dû au fait de me sentir si proche de ses petites victimes – je ne lui en tins pas rigueur. Syndrome de Stockholm, m'a dit un psy que j'ai consulté des années plus tard. Combien de fois, enfant, je m'étais glissée dans le lit de garçons dont je tombais éperdument amoureuse le temps de leur séjour à la maison ! La première fois, j'avais trois ans ; il s'appelait Armand, il avait une auréole de cheveux noirs bouclés et des grands yeux de biche. Il a été très embarrassé de me découvrir le matin dans son lit. C'était un grand garçon timide... mais cela est arrivé avec d'autres jeunes hommes, à cinq ans, à six, et, plus dangereux, à dix et à douze.

« Mais ces garçons n'ont pas cru un instant que je me jetais à leur tête. Oh, sans doute, le sans-gêne, la douceur, la beauté des enfants peuvent être troublants.

Ils ont pu être troublés par cette gamine qui se faufilait sous leurs draps ; ce n'est pas pour autant que j'ai eu à pâtir d'un geste malvenu de leur part. Toute petite déjà j'avais compris que la faiblesse, comme la force, est un choix. Une volonté.

« J'en suis arrivée assez rapidement à la conclusion que le sexe est un pacte scellé entre deux parties responsables que le libre arbitre rend égales.

« Ceux qui ne respectent pas cette règle simple sont des crapauds. »

Pluie

Les nuages qui tournaient depuis un moment s'étaient amoncelés entre la vallée et le jardin. Le jardinier vint vers nous juste au moment où l'orage creva, et une pluie torrentielle se précipita littéralement sur la terre, nous frappant de gouttes grosses comme des œufs. Enfin, des œufs de moineau.

Il tenait l'une des plus vastes ombrelles que j'aie jamais vues, ombrelle qu'il plaça obligeamment au-dessus de nos têtes. Fosca l'illumina de l'un de ses célèbres sourires qui bridaient ses yeux de plaisir et lui creusaient des fossettes.

Je la voyais comme elle avait dû être : craquante.

Fosca, ma star incognito ! Elle se mit à jouer les coquettes avec le jardinier. Il se laissa faire, gros matou pliant l'échine. Elle lui parla de Menton, de cette petite ville endormie mais charmante, de notre palace croulant qui semblait sorti d'une nouvelle de Katherine Mansfield. Il l'écoutait gentiment.

Il n'était pas ce qu'il avait semblé être au premier abord. De près, il ne paraissait plus si jeune, avec des rides sillonnant son visage et ses tempes plus claires. Il avait une élégance naturelle, ses vêtements dépenaillés et crottés tombaient parfaitement sur son corps bien fait. Ses bras surtout étaient une pure merveille, de solides armatures à la peau brune, aux muscles tout en longueur, saillants, mouvants, vivants. Ses doigts aux ongles courts pleins de terre étaient longs et noueux, la paume de la main, large et creuse.

Des mains de sage-femme ou de concertiste.

« Piano ou violon ? » lui demandai-je.

J'interrompais leurs badinages. Ils me regardèrent, interloqués.

« Contrebasse, répondit-il, souriant sous cape, mais tout de même souriant pour la première fois. Amateur, ajouta-t-il, et pas très doué. »

Quant à Fosca, elle éclata du rire de gorge d'une poule sous les yeux du mâle. Je secouai la tête, soudain d'excellente humeur.

Perce-neige

Nous quittâmes la Serre et rentrâmes à Menton sous la pluie. Nous somnolâmes l'une près de l'autre au creux d'un énorme canapé dans notre palace croulant, un thé et une camomille sur la table basse. La pluie battait contre les fenêtres. Le vent poussait les branches des palmiers contre les vitres avec un gémissement insistant.

Fosca se leva avec peine et alla se laver le visage dans la salle de bains. Peut-être aussi prit-elle l'une de ses pilules. À son retour, je vis qu'elle avait des poches grises sous les yeux, mais elle souriait et cela me suffit. Elle avait en tout cas suffisamment d'énergie pour reprendre son récit.

« La guerre sévissait, j'avais vingt-six ans, et, malgré le temps passé à être la femme de Camillo, j'étais encore une gamine. Non seulement je ne connaissais rien à l'amour, mais je ne savais même pas que quelque chose me manquait. Ce fut un tourbillon de vie.

« Quand j'ai rencontré Nigel, j'étais mûre comme un fruit sur son arbre, et je suis tombée sur lui comme la pomme de Newton.

« C'est arrivé tout simplement, un soir où j'étais à la cuisine, chez moi. J'avais organisé une fête de réveillon dans la petite maison que j'avais achetée au bois de Boulogne avec l'argent de Camillo. La dernière année de guerre commençait cette nuit-là, même si nous ne le savions pas encore. J'avais réussi, malgré les restrictions, à servir quelques bouteilles de vin, un rouge capiteux des alentours du lac de Garde que mes tantes m'avaient fait parvenir d'Italie avant la guerre, et un blanc qu'il fallait boire avant qu'il ne se fane.

« Nigel a mis une main sur mon épaule.

« Quelqu'un jouait du piano dans la pièce de réception. J'entendais les murmures de mes invités, quelques rires. Je suis sûre que c'était une suite de Bach. Je suis sûre que la bouteille qui est tombée avait glissé avant qu'il pose la main sur mon épaule. Je suis sûre que la cuisinière m'a vue changer de visage. Je suis sûre que tout cela est arrivé très vite, même si maintenant je revois toutes ces choses au ralenti.

« Il y a un seuil secret de patience après lequel on s'oppose soudain à la vie d'avant. Je suis sûre que, avant même de me retourner, j'étais déjà amoureuse de lui.

« Nigel fut danse et supplice, caresses et violence, langueur et désespoir, colère et fous rires, et autre chose encore, tout ce que je ne sais plus, tout ce que je ne suis plus.

« Nigel fut le bourreau, le verre d'eau que l'on jette au visage du torturé qui s'évanouit, le martyre et la pause dans le martyre. On ne naît pas sans hurler. Nigel fut mon premier cri. Je perdis la tête et la lui fis perdre.

« Il avait ôté sa main de mon épaule et me parlait. Voix d'alcôve, de pilote, voix d'homme bien élevé avec un joli fond railleur, un peu de gouaille. Yeux de chinois, cheveux de noyé. Grande bouche, toute proche de ma nuque. Voilà ce que j'entendis, voilà ce que je vis en tournant juste la tête, le corps raidi dans la position où le sortilège m'avait saisie. Quant à ce qu'il me dit, il dut le répéter plusieurs fois pour qu'enfin j'en saisisse le sens.

– Où est la chambre ?

– Je vous demande pardon ?

– Où se trouve la chambre ?

– Euh, la chambre... ma chambre ? vous voulez qu'on aille dans une chambre ?

Il fit un drôle de mouvement en arrière et son rire fusa, tout bas.

– Mademoiselle, je ne sais pas si vous avez une chambre spéciale pour coucher une dame qui a trop bu et qu'il faut étendre quelque part au plus vite. Pour le reste, je fais comme si je n'avais rien entendu.

« Cet échange me réveilla. Le jeune homme me précéda dans le salon, puis, une grosse dame dans les bras, il me suivit jusqu'à la chambre d'amis.

« Il revint ensuite près de moi. J'étais émerveillée, je devais avoir l'air nigaude. Quant à lui, il avait ce masque buté que prennent les hommes quand ils vous désirent. Une expression que je ne connaissais pas, mais que j'allais apprendre à reconnaître par la suite.

« J'eus dès cette nuit-là le meilleur de l'amour : la faim et la soif, et quelque chose aussi, mon chéri, qui va probablement te laisser perplexe : la compassion.

« Quand on tient le tigre par la queue, on n'ose pas le lâcher.

« Tout passait par le filtre de ce qu'on vivait, et le reste du monde n'était plus qu'un scénario, un prétexte à notre liaison. Nigel était profondément sincère, quand j'aurais préféré qu'il mente. En même temps pourtant je lui sus gré de sa sincérité.

« Je n'ai plus jamais aimé un homme comme ça. »

Fosca se pencha au-dessus de moi, me frôlant de l'aile de ses cheveux et de la manche de son cardigan. Je fermai les yeux sous la caresse.

Elle prit la tasse de camomille froide sur la table, but un peu, fit la grimace comme d'habitude.

« Ça me rappelle ma scarlatine, dit-elle. La camomille, ce n'est pas bon, c'est amer et fade. Pourtant, ça sent aussi le soleil dans un champ d'été, et pour moi ça évoque depuis toujours les innombrables potions magiques dont mes tantes m'abreuvaient lorsque je tombais malade. Quel plaisir de tomber malade, de tremper le thermomètre dans mon chocolat pour qu'il reste à 37,7°, et de garder le lit quand il neigeait et que je n'avais pas envie d'aller à l'école ! Tante Marina jouait du piano dans le salon en bas, et les notes me parvenaient assourdies, si apaisantes. »

Fosca jouait avec son Zippo, l'allumant et l'éteignant. Elle n'avait plus allumé de cigarette depuis qu'elle avait jeté la dernière par la fenêtre. Curieusement, alors que je ne fume pas, c'est moi qui en ai eu envie. Je fixais son sac quand elle reprit :

« Je t'ai dit que je n'ai plus jamais aimé un homme comme j'ai aimé Nigel... ce n'est pas exact. Ce que je veux dire, c'est que je crois que l'amour n'est jamais le même, qu'à chaque fois c'est autre chose, et qu'à chacun on donne, et de chacun on reçoit, un sentiment différent. Je crois qu'il y a autant de sortes d'amour qu'il y a de personnes au monde. J'aime les poires, les figues et la salade, mais je ne vais pas les épouser. J'aimais mes tantes, mais pas au point de continuer à vivre avec elles. J'aime les livres, et je couche avec, mais c'est un mauvais exemple...

« Schopenhauer écrit que les hommes sont comme les hérissons : s'ils se rapprochent trop ils se piquent. Alors ils s'éloignent, jusqu'à trouver la bonne distance. C'est à se demander si la bonne distance, dans ce cas, ne fut pas l'interdit, le tabou, entre Nigel et moi, de la pénétration. Si le fait de se donner en se retenant ne nous a pas laissé le loisir de tout nous donner par ailleurs. Si le fait de ne pas s'appartenir n'était pas, en fin de compte, un moyen de laisser l'autre circuler dans des réserves qui sont normalement fermées, ces terri-toires où gît le véritable soi, le noyau caché.

« L'amour profond et la profonde cruauté seuls peu-vent atteindre le noyau de l'être humain : l'un peut t'aider à vivre ou te faire mourir, l'autre te condamne à coup sûr. L'écrivain Primo Levi, comme tant d'autres, est passé par l'épreuve ultime du camp de concentration, et en est ressorti vivant. Il s'est toutefois donné la mort, des années plus tard : comment vivre lorsqu'on a détruit votre confiance – ou même votre espoir – dans la vie et dans les hommes ?

« Quand tu arriveras, avec un peu de chance, à la dérive ultime – terrible épreuve que je te souhaite toute-fois –, tu verras aussi comme beaucoup de choses que tu croyais essentielles ne sont que des gesticulations inu-tiles. Comme on se trompe soi-même, sciemment, tous les jours, au lieu d'avoir le courage de vivre.

« Mes amours avec Nigel m'ont donné de la vail-lance. L'accord de nos cœurs – et ce malgré nos dis-

putes et nos larmes et quelques baffes de part et d'autre
– m'a ouverte à la vie.

« Ça peut sembler bizarre de dire que la guerre s'est
terminée trop vite, mais en ce qui nous concerne, la
fin de la guerre a marqué celle de notre histoire : je
suis devenue une veuve de paix. »

After the storm

Fosca s'assoupit une ou deux fois cet après-midi-là,
plus fatiguée qu'elle n'avait bien voulu l'avouer. Puis,
au crépuscule, elle grignota des crackers et avala un
bouillon que j'avais fait monter, accompagné d'une de
ses pilules bleues, les plus fortes. Elle ne voulut pas
se coucher, pareille à un enfant qui redoute le sommeil.
Je l'installai sur le canapé, la recouvrant comme d'habitude de son plaid. Les oreillers étaient gonflés et
craquants d'amidon sous sa tête et, avant même que je
les lui arrange correctement, elle dormait.

Poussée par des impatiences dans les jambes, je
sortis dans la nuit de Menton. Il avait cessé de pleuvoir,
un vent chaud secouait les branches des arbres, faisant
tomber des gouttes sur le trottoir. Je marchais vite, les
mains dans les poches de mon jean, la tête baissée
contre le vent, pour me dégourdir et m'éclaircir les
idées. Mes pensées n'étaient pas bien gaies. Il m'est
souvent arrivé de me rebeller face à la lente descente
de Fosca.

Je lui devais d'être là. Jamais je n'aurais pu, ni voulu, m'y soustraire. Toutefois, me retrouvant ainsi seule dans la nuit, je retrouvais aussi la liberté d'être plus inconséquente, plus légère, avec des longues années de vie devant moi et la sensation que rien n'est scellé, fini. Fosca allait se faire la belle. Son éloquence, son expérience n'y changeraient rien. Qu'est-ce que cela ferait, que je sois la dépositaire de son histoire ? Avoir vécu si près d'elle me ferait-il vraiment comprendre quelque chose de plus que ce que je sais déjà, quelque chose de plus que ce que ma vie à moi m'avait fait comprendre ? Moi aussi j'avais joué et, pour l'instant, autant perdu que gagné. La différence, c'est qu'il me restait un peu de temps pour miser à nouveau.

Cette nuit-là, en revenant à l'hôtel, une odeur de marijuana à faire tourner la tête me parvint aux narines. J'entrevis sous un réverbère en face de l'entrée du palace la silhouette du jardinier de la Serre de la Madone. Il tirait sur un gros joint.

Je retournai me balader, inaperçue, dans la ville éteinte, finissant par aller m'asseoir dans le noir absolu de la plage.

J'entendais les vagues respirer tout près. Le sable qui absorbait l'écume en roulant. Je voyais la ligne plus liquide entre ciel et mer.

Est-ce que toute la douceur donnée pour rien, pour tout, revient lorsqu'on en a le plus besoin ? Lorsqu'on s'en va ? Lorsqu'on part et qu'on laisse derrière soi toute cette peau caressée, salie, lavée, fatiguée ?

La mort est vraiment chiante.

À quelques kilomètres de là commençait l'Italie. Le lendemain, il fallait que je fasse un tour au garage pour m'assurer que les pneus de la Silver étaient correctement gonflés. Et qu'on avait de l'huile, de l'eau et de l'essence. La vieille Rolls était souvent capricieuse et il n'aurait plus manqué qu'on reste bloquées au milieu du voyage... avec le jardinier qui faisait le guet...

Le jardinier ! Et puis quoi, encore ?

Vers deux heures du matin, frissonnante de froid et de faim, je me risquai à rentrer. Le portier de nuit bâillait tellement qu'il ne pouvait articuler un mot. Il me fit signe d'attendre un instant. Il disparut derrière le comptoir de la réception et revint avec un paquet : cadeau du jardinier.

Le portier souriait au milieu des larmes que lui avaient arrachées ses bâillements. Je lui demandai s'il savait où je pourrais trouver quelque chose à manger. Il ferma à clé derrière moi la porte de l'hôtel et me fit signe de le suivre.

Dans la cuisine au sous-sol parfaitement en ordre qui sentait la friture et le désinfectant, il ouvrit le frigo en aluminium, énorme et presque vide.

Nous mangeâmes ensemble des croûtons de pain rassis avec des anchois pêchés au fond d'un pot en verre ; nous bûmes de la bière sombre qui ne moussait plus. Mais je goûtai ce casse-croûte plus qu'un repas dans un bon restaurant. Repue, je pris l'ascenseur, le portier pressa pour moi le bouton de l'étage en me souhaitant une bonne nuit. Alors que les portes se fermaient, il poussa un dernier bâillement.

Rintintin a mangé mon sandwich

« Retrouvé dans un bois, dimanche 15 avril, à l'affût sous un buisson, seize heures après avoir quitté sa maison, Cameron Roussel, trois ans, armé d'un bâton, déclare qu'il était parti chasser le dinosaure... C'est un peu toi, ça, Constance, non ? »

Fosca lisait le journal et, miracle, elle avait même mangé un bout de croissant.

Je l'avais entendue prendre un long bain à l'aube, dans mon demi-sommeil elle allait et venait, se brossant les cheveux, fredonnant. Décidément, la vieille était plus coriace qu'il n'y paraissait. Sur la table du petit déjeuner, entre les petits pots de confiture de luxe, le beurre et les viennoiseries, grand-mère avait placé le cadeau du jardinier. C'était une boîte ronde en carton vert.

L'air de rien, la bouche pleine de croissant, je lui demandai ce qu'elle contenait.

« Mellors me demande ta main. Que dois-je lui répondre ?

– Me... Mellors ? Fosca, vous êtes très drôle ce matin, mais je n'ai pas prévu de me marier. »

Elle ouvrit la boîte. Dedans il y avait un bouquet de grosses violettes un peu fripées et un petit mot qu'elle déplia avec un sourire espiègle.

C'était évidemment un mot du jardinier. Moi, je trouve que les violettes, ça sent le vieux.

« Il nous invite à déjeuner dans le jardin. Aujour-d'hui à treize heures précises.

— Oh non ! De toute façon, on n'y va pas, non ? On va partir aujourd'hui, non ? Allez, Fosca, on ne va pas rester indéfiniment à Menton pour cause de jardinier, non ?

— Une si petite phrase et quatre non d'affilée... puisque tu y tiens, nous allons partir. Je vais écrire à ce jeune homme que nous sommes désolées, mais que nous ne pouvons pas honorer son invitation. Cela m'aurait remplie d'aise, pourtant, que tu puisses te distraire avec quelqu'un de ton âge. Tu es si sérieuse, si dévouée que je culpabilise un peu.

— Dites, grand-mère, beaucoup de choses vont plus vite qu'au temps de votre jeunesse, mais bien d'autres vont plus lentement. Je pense qu'à une époque vous pouviez faire parvenir en une heure ces messages rapides que vous appeliez les *bleus* ou les *pneus*, je ne sais plus, mais maintenant... comment répondre si vite à notre gars ? Je ne pense pas qu'on puisse lui envoyer un mail au jardin, là, tout de suite.

— C'est simple, mon chien. Tu vas aller lui apporter notre réponse de ce pas.

— # §§§@&&& !!!

— Plaît-il ?

— J'ai juste dit que je déteste quand vous m'appelez mon chien.

— Ah bon ! Allez, va lui apporter notre réponse. Je t'attendrai sur la plage, il fait si beau aujourd'hui. Je vais me réchauffer un peu au soleil. Et pendant que tu y es, à ton retour passe au garage et fais s'il te plaît...

– ... vérifier les pneus, les freins, etc. Je ne m'attarderai pas, je reviendrai aussi vite que possible, et on partira en fin de matinée, d'accord ? »

Évidemment, ce qui devait arriver arriva : à la Serre de la Madone, la Silver tomba en panne. Tous nos plans étaient par terre ! J'étais plus que contrariée, j'étais furieuse, et je devais ressembler à une harpie quand je demandai le téléphone au jardinier. Je lui en voulais personnellement. Comme si c'était sa faute.

J'appelai le garage de Menton. Promesse formelle d'un dépannage avant la fin de la journée. Je laissai un message pour grand-mère à l'hôtel, avec le numéro de téléphone de la Serre, lui expliquant la situation. Le jardinier m'aida dans les démarches, le visage muré, puis me demanda si je voulais appeler un taxi tout de suite. Je le regardai en me grattant le nez, un peu dépassée par les événements. Il faisait si clair, si doux, et tout d'un coup j'étais fatiguée. Je lui répondis que je descendrais plus tard avec le dépanneur. Son visage s'ouvrit un peu, et il m'offrit un café.

Il m'accompagna dans la cuisine, qui sentait bon le poulet rôti. Il s'appelait Olivier, il vivait dans cette maison tout seul, depuis un an et demi.

Au cours de la matinée, Olivier ne manifesta pas une once de séduction à mon égard, me traitant plutôt avec une sorte de camaraderie distante. Je rigolais, songeant que c'était, pourquoi pas, Fosca qui l'intéressait.

Je pris dans l'antique bibliothèque une vieille Série noire dont les pages se délitaient et sortis m'asseoir derrière la maison.

Olivier travailla toute la journée pendant que je devenais d'abord de plus en plus enragée en attendant le dépanneur, ensuite, épuisée de colère, fataliste.

Vers sept heures du soir, Fosca m'appela, me recommandant de ne pas m'inquiéter, elle venait de parler avec le garagiste qui lui avait juré sur sa maman de venir dépanner la Rolls le matin suivant, très tôt. Elle me suggéra de dormir à la Serre, si j'en avais envie.

Je me dis que finalement j'en avais envie.

Nous dînâmes. Le poulet était délicieux malgré la cuisson du matin. Olivier le remit dans le four tiède, avec une branche de romarin, et le servit accompagné d'une salade croquante. Il n'y avait pas de vin, mais je bus trois verres de Campari que je trouvai dans une armoire de l'un des salons vides, bouteille qui, pour ce que j'en savais, aurait bien pu dater du temps du major Johnston. À la fin du dîner Olivier alluma un joint géant sur lequel je refusai de tirer. Il ne s'en formalisa pas, la journée que l'on venait de passer, ensemble mais séparés, nous avait apaisés tous les deux. Si on n'était pas devenus des copains, du moins on ne se méfiait plus l'un de l'autre. Mon silence lui était agréable et je trouvais ses mots comptés reposants, après la logorrhée de Fosca.

Dehors, quelques millions de lucioles brillaient.

« Trop tôt pour les lucioles », me dit Olivier. Cette

année, tout arrive trop tôt, tout se mélange, le printemps et l'été, les odeurs et les floraisons. »

Il m'accompagna jusqu'à ma chambre. Elle était vide, magnifique ; les volets disjoints laissaient pénétrer des brins de lierre, qui avançaient dans la pièce jusqu'à chatouiller les oreillers.

Le chœur de grenouilles en bas, dans le bassin, s'époumonait, bande de musiciens totalement sourds les uns aux autres.

Olivier m'embrassa sur la bouche, brièvement mais adroitement, puis s'en alla.

Je m'enfonçai immédiatement dans un sommeil de pur bonheur.

Le lendemain, brosse à dents prêtée par Olivier dans une des très nombreuses salles de bains – un filet d'eau rouillé dans un lavabo du début du siècle, une baignoire sabot, des armoires à faire pâlir d'envie une star américaine des années cinquante. Ensuite, petit déjeuner campagnard sur une grande table du côté de la terrasse.

Le garagiste brisa le charme d'un coup de klaxon. Je dus m'asseoir près de lui dans la cabine pour descendre vers Menton où Fosca m'attendait.

Olivier avait quand même eu le temps de me donner un deuxième baiser.

(Choses élégantes)

Dans un bol de métal neuf,
on a mis du sirop de liane,

avec de la glace pilée.
De la neige
tombée sur les fleurs
des glycines et des pruniers.

Je trouvai Fosca sur la plage, assise sur le plaid étendu dans le sable tiède, le carnet de chevet – le *pillow book* – de la courtisane chinoise Sei Shonagon à la main. Elle me lut l'extrait, puis me regarda par-dessus ses lunettes, de bas en haut.

Je ne pus me retenir de rougir, comme si elle m'avait vue embrasser Olivier. Je me souviens précisément de la suite de ses mouvements, une sorte de ballet : elle se rongea une petite peau à l'index, considéra la mer, me fit face avec un visage grave, puis me tendit la main pour que je l'aide à se relever.

Ensuite elle me sourit. De nouveau ses yeux se bridèrent, de nouveau ses fossettes se creusèrent. Profitant de l'aide que je lui apportais pour se mettre debout, je la pris dans mes bras et la tins serrée un instant contre moi, sans parler. Elle se dégagea vite, tel un chat qui a autre chose à faire, et me demanda des nouvelles de la Rolls.

Arrivée chez le garagiste, la voiture avait démarré sans un murmure lorsque j'avais tourné la clé. J'étais embarrassée, je redoutais les sarcasmes de l'homme de l'art mais il ne dit rien et me demanda de refaire ce même geste plusieurs fois, jusqu'au moment où, à nouveau, le moteur resta muet. Le capot ouvert, il tripota deux ou trois trucs, puis sortit une petite vis usée, la regarda à contre-jour et la remit à sa place.

« Le malheur, mademoiselle, c'est que je n'ai pas la pièce de rechange. Je peux téléphoner à Nice, chez un collègue qui fait dans la voiture de luxe. C'est le seul endroit sur la Côte où vous allez la trouver, cette pièce. En attendant je peux faire marcher la voiture, mais il faut me réviser ça au plus vite. »

Et donc, on allait repartir dans le sens inverse de l'Italie.

« Pas grave, dit Fosca. Les Italiens attendront. Si tu es prête, moi aussi. »

À Nice, naturellement, le garagiste n'avait pas « exactement » la pièce qui manquait. Il la commanda, nous assurant qu'elle arriverait dans la journée...

« ... ou demain, peut-être même après-demain, dit Fosca. En attendant, j'irais bien à l'hôtel Belles-Rives, ou au Maeterlinck, peut-être... oui, au Maeterlinck, il est plus près du garage, et si la Silver a des soucis elle aura besoin de notre soutien.

« Tu leur fais confiance, toi, mon petit, aux garagistes ? Moi, pas du tout. Quand j'ai demandé à mon médecin à Paris, qui adore les belles voitures, s'il pouvait m'en indiquer un qui connaisse son métier, il m'a répondu : oui, j'en connais un excellent... à Mexico City. »

Je ne sais pas vraiment pourquoi – peut-être parce que la saison n'avait pas encore commencé et que l'hôtel était à moitié vide, ou bien grand-mère l'avait-elle demandé – mais on nous installa dans un duplex à pic sur la mer, avec trois salles de bains. Ça me fit ricaner, mais Fosca m'interrompit en secouant la tête. Elle me fit observer que les deux salles de bains les plus belles, à l'étage, étaient pour un couple – depuis quand les couples comme il faut n'ont qu'une seule salle de bains ? –, et l'autre, en bas, pour un éventuel invité.

« ... ou pour le chauffeur, n'est-ce pas, Fosca ? Parfois j'ai l'impression, ô ma vénérable grand-mère, que vous ne vous êtes pas aperçue que les temps ont changé... Qui, de nos jours, peut se payer une chambre pareille, plus celle du chauffeur ?

– Les riches, ma chérie. Maintenant tais-toi, et viens près de moi. J'ai encore plein de choses à te raconter. »

Docilement, je suis allée m'étendre près d'elle sur le canapé et j'ai posé la tête sur ses genoux.

« Éteins la lumière, ferme les yeux, ne me regarde pas. Je vais te raconter ma première fois.

« C'était l'été de mes treize ans. Je lisais à l'ombre d'un pin, dans le jardin de la maison où je suis née. Je venais de manger une pêche, et je continuais à lire en grignotant la pulpe autour du noyau. Le jus du fruit avait dégouliné sur mes vêtements, une culotte courte et un tricot déjà bien sales.

« Le livre dans une main, de l'autre j'effleurais machinalement ma culotte blanche avec le noyau de la pêche. C'était une caresse distraite, mais ô combien précise.

« Soudain un émoi d'une douceur et d'une violence inouïes me secoua, mon cœur sauta de ma poitrine jusqu'au soleil, et le ciel en fut obscurci.

« De cet évanouissement je me relevai en titubant, les jambes molles. La tête me tourna tout l'après-midi. Le soir au dîner je n'eus pas le courage de lever les yeux vers le regard limpide de mes tantes, et le samedi suivant je ratai la confession. Quand je dus y retourner, je ne racontai rien de cela au curé. Pendant plusieurs mois, les mensonges s'accumulant, je dormis mal, car je rêvais que j'étais damnée et me réveillais en sursaut. Mes cauchemars étaient si apocalyptiques que je préférais ne pas me rendormir. Au petit matin une colombe lançait son roucoulement auquel d'autres colombes répondaient, et je m'abandonnais au sommeil, épuisée, pour une heure ou deux. J'en arrivai à préférer ma jouissance et la damnation qui en découlait à la promesse d'aller au paradis. Quel chérubin aurait pu me donner cette béatitude absolue, cette mort bienheureuse, cette surprise d'une félicité souveraine si facilement recommencée ?

« Plaisir et culpabilité...

« Je ne me rendais pas compte que le hasard d'une heureuse nature m'avait offert là ce que tant de femmes ne peuvent atteindre de toute leur vie, l'accès à moi-même, et à travers cela une dépendance moins stricte à l'homme. C'est cette sorte de lampe d'Aladin secrète qui fait d'une femme celle qui fait peur, mais aussi celle que l'on convoite. Celles qui s'appartiennent peuvent se donner... »

Quelqu'un frappa à la porte. *Room service*. Non, nous n'avions pas besoin qu'on vienne ouvrir nos lits et poser de petits chocolats sur l'oreiller. Nous n'avions pas besoin de bouteilles d'eau non plus, ni qu'on aère les pièces, ni qu'on retape les coussins des canapés, ni qu'on emporte nos vêtements pour les repasser en vue du dîner, ni d'un cocktail ou d'un apéritif. Non vraiment rien, merci.

Je servis un Martini frappé à Fosca. Je me préparai un gin-fizz avec plein de glaçons. Et tout cela, toute seule. Les doigts dans le nez, même.

Puis je me rassis tout près de Fosca et baissai de nouveau la lumière.

« Je devais avoir cinq ou six ans quand je suis tombée dans un fossé plein d'orties. C'était l'été, au cours d'une fête dans un parc. Je me souviens de ce jour-là, car depuis une semaine j'essayais d'apprendre à lacer mes chaussures, et tante Ida avait promis que je saurais le faire avant la fin de la fête du Prunno. Une fois là-bas, elle me donna la leçon espérée : je fus remplie d'un grand sentiment de fierté quand, après plusieurs tentatives, je réussis enfin un nœud que je pouvais défaire et refaire autant de fois que je le désirais.

« Je m'envolai entre les pins, j'escaladai un talus en courant, m'arrêtant de temps à autre pour admirer mon ouvrage.

« C'est en contemplant mes lacets que je tombai dans le fossé. J'atterris sur les genoux. J'essayai immédiatement de me relever, mais mes jambes refusèrent de me porter : les orties étaient plus grandes que moi. J'essayai de dégager un espace avec les mains : mes bras se couvrirent de cloques. Je regardai mes cuisses et mes genoux, également couverts de cloques, et me mis à hurler.

« Heureusement quelqu'un m'entendit et vint me sauver au fond du fossé.

« Léa m'entraîna vite à la maison, car je ne cessais de sangloter, choquée et endolorie. Elle me plongea dans un bain tiède. Nouveaux hurlements, l'eau ayant réveillé les brûlures. J'avais encore plus mal qu'auparavant, dans le fossé. Je m'endormis, épuisée, en suçant mon pouce.

« Si je te raconte tout ça, mon chéri, c'est parce que quand j'ai commencé à coucher avec les garçons, ça m'a fait le même effet. Je tombais dans les orties, j'avais mal, je m'aspergeais d'eau et j'avais encore plus mal.

« Il y en a qui disent qu'un clou chasse un autre clou : rien de plus faux, ça fait juste deux blessures au lieu d'une.

« Le retour de Nigel en Angleterre fut suivi d'une drôle de période. Était-ce la légèreté grisante qui avait suivi la Libération, était-ce une nouvelle époque qui s'ouvrait, je n'en sais rien.

« J'étais comme la pluie. Je ne tombais pas forcément là où on m'attendait. Je tombais où les vents m'emmenaient, où les nuages rompaient. Je me souviens à peine de celui qui fut mon premier amant. Juste un accident d'un soir pareil aux autres, juste un regard et des bras parmi d'autres. Mon désir était innocent. Je convoitais les hommes beaux et si, en plus, ils étaient intelligents, je tombais amoureuse. Un peu, pas plus, assez souvent pour ne jamais l'être tout à fait, de la même manière qu'enfant j'avais le béguin pour les garçons qui passaient à la maison, ceux qui me découvraient le matin dans leur lit. J'avais des goûts, et des dégoûts, très sûrs. Je pouvais dire non parce que j'avais appris à dire oui.

« Si je n'étais pas amoureuse, j'en avais cependant les symptômes : bouche sèche, une fièvre agréable, le désir comme un brouillard, un bonheur intense agité de brèves bourrasques, un malaise tout aussi intense qui était quand même plaisir, et des heures rêveuses d'errance dans Paris.

« Et encore des rires solitaires, déments, et des pleurs, solitaires aussi, doux comme la pluie, la moiteur des attentes indéfinies, toute une vie animale et enflammée.

« Le dégoût absolu de toute nourriture m'avait calcinée de maigreur, on comptait mes côtes sous mes pulls, on distinguait mes hanches sous l'étoffe de mes jupes. Mes mains étaient presque transparentes, mes ongles rongés au sang, mes poignets secs faisaient tinter des myriades de bracelets. Il y avait une grande complaisance dans le fait de rôder, maigre et affamée, parmi d'autres félins têtus, ombre parmi les ombres. On se reniflait, on dansait, on buvait, parfois on s'étreignait, on s'aimait un peu. Puis une autre ombre plus noire, plus rapide passait, et entraînait dans sa suite le danseur distrait, l'amant sur le qui-vive, déjà las d'avoir été séduit, déjà ennuyé d'avoir séduit. Un jour, je suis arrivée en avance chez un garçon qui avait laissé sa porte entrouverte en m'attendant. Il prenait une douche en dansant sur une musique africaine. Ses mains erraient en cadence sur sa peau nue ; je me suis esquivée, plus confuse encore que si c'était moi qu'on avait surprise. Mes émotions n'étaient que circonstances.

« Chez l'un, c'était la vulnérabilité des fesses blanches et nues pendant qu'il se lavait les cheveux au-dessus d'une bassine. Chez l'autre, le fait qu'il mette le dentifrice dans la bouche et non sur la brosse à dents, et qu'il coupe ses ongles de pieds au-dessus de l'évier de la cuisine. Chez un autre encore, qu'il me passe la salière au-dessus de la table où nous dînions avec une sorte de prière dans les yeux, n'ayant pas réussi à la faire fonctionner. L'un m'a émue parce qu'il n'arrivait jamais à boutonner son pardessus correctement, l'autre m'a touchée par son léger bégaiement, par une dent grise cachée derrière la main dans son sourire, ou une acné qui avait laissé des traces sur ses épaules.

« La beauté du diable d'un garçon cédait le matin, parce qu'il avait mauvaise haleine. La maigreur excessive d'un autre devenait ardente, souple et musclée dans un lit. L'un devenait furieux quand je le laissais, l'autre n'attendait que ça, la jouissance d'un amant était cri quand celle d'un autre n'était que soupir.

« Ne crois pas que c'était morbide. Ne crois pas que c'était sale : la jeunesse nous tenait lieu d'hygiène, et la beauté, de morale.

« Je souffrais de solitude dans cette ronde d'enfants indisciplinés, mais je pensais que ne pas prendre était le prix à payer pour ne pas être pris.

« Ainsi je vivais dans une douceur de neige fraîche, qui étouffe dans son silence toute souffrance, et j'attendais avec patience que mes désirs brûlent, s'épuisent et cessent. Je rêvais de me réveiller un matin blanche, lavée, propre, inodore. »

Vert ciel

« ... J'étais en train de ramasser quelques objets personnels dans l'appartement d'un garçon, après une liaison qui avait duré un peu plus longtemps que d'habitude, quand je l'entendis parler tout seul dans la chambre en faisant un bruit bizarre. J'avais déjà casé toutes mes affaires dans une besace et, curieuse, le sac sur l'épaule, je suis allée voir ce qu'il fabriquait. Je l'ai trouvé en train de scier son lit en deux. En me voyant, il s'est arrêté et il a dit : Les hommes et les femmes ne sont pas faits pour vivre ensemble. Plus de soixante ans ont passé depuis ce moment, je ne sais pas ce que ce garçon est devenu, mais il faut reconnaître qu'il n'avait pas tort.

« Si je l'avais écouté au lieu de rire en fermant la porte derrière moi, je n'aurais pas donné dans le piège qui se préparait. Le prince charmant faisait le guet sur son cheval blanc, pour m'enlever et me murmurer à l'oreille que nous allions vivre heureux avec beaucoup d'enfants.

« Les dégâts de l'âme sœur ! Vraiment ! Je n'ai pas vécu toutes ces années sans voir quelques couples assez réussis, tout de même, mais comme disait ma vieille amie Marie, qui est restée toute sa vie mariée à un acteur qui l'a souvent trompée : Que veux-tu, on a toujours beaucoup ri ensemble.

« Mais revenons à mon prince charmant. Le ciel était encore vert quand je me suis réveillée, après un court sommeil très agité, ce matin de mon deuxième mariage. En chemise de nuit, pieds nus, je suis allée dans le jardin. On était en juin, et le vieux rosier blanc avait fleuri : je me disais que c'était peut-être la dernière fois. La plupart des rameaux étaient noirs et secs, deux branches seulement étaient en fleur. Mais, comme s'il avait voulu mettre les bouchées doubles le temps qui lui restait à vivre, il avait donné tellement de roses que l'église entière en a été remplie.

« Cela se passait à nouveau dans ma maison d'enfance, la maison de mes tantes, un peu étonnées de me voir remettre le couvert avec autant d'enthousiasme. Elles pensaient sans le dire que le temps des enthousiasmes avait fait long feu. N'empêche, elles étaient sens dessus dessous entre les robes, la réception, les invitations et tout le reste. Le fait de me voir repartir dans la même église que la première fois les laissait aussi quelque peu abasourdies. L'Église vous garantit dans certains cas des protections que la justice séculière n'offre pas. Mon premier mariage ayant été déclaré nul, j'étais redevenue demoiselle. Bah ! Puisque l'Église l'admettait, qui étaient-elles pour s'y opposer ?

« Elles étaient infiniment reconnaissantes au destin de me voir si joyeuse et pleine de foi, mais je crois aussi que, habituées comme elles l'étaient à cette espèce de guigne qui nous poursuivait toutes en amour, elles croisaient les doigts. Quant à moi, je marchais à dix centimètres du sol. J'étais amoureuse, et je pensais que je faisais exactement ce qu'il fallait : j'avais vingt-huit ans – autant dire, à l'époque, la dernière plage – et je me figurais une maison remplie de beaux enfants, de domestiques stylés, d'amis de bon aloi, d'animaux amusants, avec un jardin fleuri... et un mari parfait.

« Il m'avait fait une cour à l'ancienne, avec bouquets de fleurs et dîners au champagne, baisers ardents et angéliques. Il m'avait traitée comme on traite une pure fiancée, la future mère de ses fils. J'avais joué un jeu auquel je ne demandais qu'à croire.

« J'ai parcouru la nef au son de la *Marche nuptiale*, accrochée au bras d'un ami de la famille qui m'a soutenue lorsque j'ai failli trébucher sur le tapis rouge. J'ai pleuré en disant oui. Je me suis réfugiée dans les bras de Jules – il s'appelait Jules – à la sortie de la messe, pendant le jet de riz que les invités faisaient pleuvoir sur nous.

« Madame Jules d'Aubeville était parfaitement à sa place dans l'ordre du monde.

« Nous avons déjeuné en plein air dans une cour fermée par des murs croulant sous les roses. Nous n'étions qu'une petite vingtaine, les parents et les frères de Jules, mes tantes, les témoins. C'était gai et doux, nous nous sommes légèrement enivrés, et, à cinq heures de l'après-midi, un orage a éclaté. Tout le monde est parti ; je suis restée seule avec Jules. Enlacés, émus jusqu'au mutisme, nous avons rejoint la chambre préparée pour nous. Il avait fait recouvrir les draps des pétales des roses blanches de mon vieux rosier. Il n'a pas enlevé ma robe, juste retroussée, et nous sommes tombés sur le lit.

« J'ai eu une drôle d'impression, ma Constance. Je n'ai jamais compris pourquoi, mais j'ai pensé que mon mariage finissait au moment où il commençait.

« Nous avons passé la journée et la nuit suivantes dans un grand hôtel suisse.

« Ce décor avait quelque chose d'un sanatorium : la chambre démesurée était blanche, aussi rigidement empesée que les rideaux, aussi aveuglante que les glycines qui grimpaient sur le balcon. Le lac aussi était laiteux, maladif et triste.

« Mais vraiment, mon chéri, je ne saurais t'expliquer... Je peux juste te dire ça : fie-toi à tes instincts, car souvent ton corps en sait plus que ta raison. »

« Comme un homme frappé marche encore avant de tomber, mon mariage a duré. Nous avons fêté le réveillon de la nouvelle année dans une station de ski en Suisse. Il neigeait. Nous ne nous sommes pas rendus à la fête, car nous n'arrivions pas à quitter le lit où nous avions fait l'amour tout l'après-midi.

« Sur le trajet du retour, Jules sortit du train. Je ne sais plus en quelle gare, peut-être Genève. Pour prendre l'air et faire quelques pas. Les portes se sont fermées alors qu'il marchait sur le quai. Je l'ai vu me regarder d'un air étonné à travers la fenêtre du compartiment pendant que le train prenait de la vitesse. J'avais sa valise, sa veste, son portefeuille avec l'argent et les papiers, et je ne savais pas quoi faire, mais, ces détails pratiques mis à part, la vision de son visage qui s'éloignait me tourmentait, et le fait surtout que cela avait été si rapide : nous étions ensemble et puis, l'instant d'après, nous étions séparés.

« Cela ne représenta en fin de compte qu'un contretemps sans importance, car il prit un taxi et arriva à la maison presque en même temps que moi. Mais la sensation de fracture, d'arrachement, avait eu le temps de s'imprimer en moi, en même temps que l'expression de ses yeux. J'y avais vu un signe : c'était moi qui m'en allais, même si c'était sa faute à lui.

« Puis la vie continua de s'écouler.

« Nous avions nos rituels, celui du dimanche notamment. Quoi qu'il se passe, c'était notre jour à tous les deux, immuable. On restait en tête à tête, on refusait les invitations, on congédiait les domestiques et je cuisinais des choses simples qu'on mangeait devant la cheminée.

« Un dimanche après-midi d'hiver semblable à tant d'autres, je lui apportai un thé. Il faisait ses comptes ; je me penchai sur lui. Un bras autour du cou, je lui caressais la joue de ma joue, m'amusant à le chatouiller avec mes cheveux. Il se laissait faire de bonne grâce. Mes yeux papillonnèrent sur son bureau et tombèrent sur la note d'un établissement. Je lui demandai, sans vraiment y réfléchir, ce qu'il était allé y faire. Sans se retourner, il me répondit qu'il y avait déjeuné avec une cliente. Du temps de ma folle vie, j'avais eu un amoureux pauvre, un peintre qui habitait cet hôtel, un endroit propre et pas cher. Ce que je savais parfaitement, c'est qu'il n'y avait pas de restaurant.

« Je retournai dans la cuisine. Jules m'y suivit peu après, pour un dîner morne. Nous ne mangeâmes pas, nous ne nous regardâmes pas. J'allai vite me coucher. Pendant trois jours et trois nuits, je pleurai sans discontinuer. Les larmes tombaient les unes après les autres, comme les perles d'un collier. Mon esprit était froid et lucide. J'étais coupée en deux : une femme qui savait par expérience que ce n'était pas la fin du monde, et l'autre pour qui le monde s'écroulait.

« Te souviens-tu de notre voyage en Grèce ? Nous sommes allées un soir dans une taverne en bord de mer. Il faisait frais, un vent violent soufflait sur la côte, et on avait protégé la terrasse de la taverne avec des panneaux de Nylon opaque. Une hirondelle était restée emprisonnée entre ces cloisons indéfinies, et elle voletait éperdument, à la recherche d'une sortie. Elle s'est abattue d'un coup. Tu l'as prise dans tes mains. Son œil si noir palpitait encore, puis il s'est éteint.

« Nous ne nous sommes pas quittés, Jules et moi. On ne se quitte pas comme ça, quand on est mariés. Quand on forme un couple parfait. Pendant un temps, il m'a rejointe tard dans le lit où nous continuions de dormir ensemble. Souvent, je dormais déjà. Souvent, je faisais semblant de dormir. Je ne sais pas ce que j'attendais ; que mon cœur se calme, que ma peine s'apaise. J'essayais de comprendre aussi, mais je me perdais dans des digressions infinies. Parfois, sans que je me retourne vers lui, sans que je le touche ou que j'ouvre seulement les yeux, il me faisait l'amour. C'était infiniment triste et tendre. Je me suis retrouvée enceinte.

« Il y a des choses dont on ne peut pas parler sans les avoir vécues. Je ne peux pas parler de la maternité, car je n'ai pas eu d'enfants ; je suis une jolie fleur sans fruit, comme l'a gentiment dit mon amie Marie.

« L'enfant que je portais n'est pas resté longtemps en moi.

« Je me souviens du bonheur que j'ai eu lorsque le médecin m'a annoncé que j'étais enceinte, et de la crainte aussi, et de l'envie d'écrire un télégramme à mes tantes. Je me souviens de cette première nuit après l'annonce du médecin, nuit blanche que j'ai passée les mains serrées sur mon ventre, à parler tout bas, dedans.

Je me souviens des quelques semaines qui ont suivi, des nausées presque gaies et de cette sensation de plénitude.

« Le gynécologue m'a dit que le fœtus n'était plus vivant : il m'a fait une piqûre et donné des pilules, me disant que si ça ne se résolvait pas tout seul dans les trois jours, il faudrait intervenir. Me voyant trembler, il m'avait rassurée, m'expliquant que c'était encore très tôt, que cela ne présentait pas de risques, et que par la suite je pourrais avoir autant de bébés que je le désirais. Il m'avait recommandé de mener une vie normale, et de le rappeler le surlendemain pour le tenir au courant.

« Je me souviens que ce soir-là Jules et moi étions invités à un dîner de gala, et que je portais une robe longue en velours rouge. Je me souviens que lorsque nous sommes rentrés, je n'avais plus personne à qui parler tout bas, dedans.

« Quand Marie me racontait que le matin elle prenait son bébé dans son lit et se le frottait sur le visage, pour s'imprégner de cette odeur de talc, de pipi, de savon, de petits pieds, je me détournais.

« Je n'ai jamais plus été enceinte. »

Suite pour violoncelle

L'hôtel Maeterlinck où nous avons passé cette nuit-là est construit sur des rochers au-dessus de la mer. Par la fenêtre ouverte entrait le fracas régulier des vagues. Avec une odeur de sel, glacée. Et la plainte des mouettes.

J'avais vidé le frigo-bar avec méthode et je me retrouvais à trois heures du matin parfaitement éveillée et complètement soûle. Je n'avais même pas mangé. Je n'avais pas voulu interrompre Fosca, si triste, si perdue dans ses souvenirs pendant la soirée. Nos horaires de toute façon étaient devenus complètement bizarres et mes insomnies m'avaient reprise. Je bus un dernier Fernet-Branca – tout ce qui restait au frigo.

Fosca s'était retirée dans sa chambre depuis un bon moment. Je ne savais si elle dormait ou si elle restait, comme moi, les yeux grands ouverts dans le noir. Si elle souffrait. Si elle songeait, si elle ressassait.

Comme moi...

Dans le village où je suis née, l'école était à un quart d'heure de la maison. J'y suis allée à pied ou à bicyclette toute mon enfance. Maman se levait très tard et papa était déjà parti au bureau.

Mes parents avaient adopté un chien, Roll, un bâtard croisé d'épagneul, gentil, drôle et bien plus heureux que nous trois réunis. Un chien perpétuellement de bonne humeur. Il m'accompagnait à l'école tous les matins.

Un jour, j'ai entendu un gros chahut derrière moi ; je suis retournée sur mes pas : Roll était en train de se battre avec un autre chien, plus gros et plus féroce que lui. L'autre chien l'avait mordu à la cuisse. Je le vis secouer la tête, arracher un bout de chair et de poil qu'il cracha, sanguinolent, presque à mes pieds. Roll ne voulut pas se coucher sur le dos. La lutte continua. Il devait y avoir une dizaine de kilos de différence entre les deux bêtes et, malgré la crânerie de Roll, l'autre chien eut le dessus. Il gagna haut la patte, de la victoire rapide et hautaine des guerriers entraînés, et s'en alla presque déçu, laissant Roll gémissant, couvert de salive et de sang.

Il fallait que j'aille chercher mes parents, que j'appelle à l'aide. Il fallait faire quelque chose. Mais je ne fis rien et Roll, après m'avoir regardée, clopina lentement en direction de la maison.

Je me souviens que j'aurais presque préféré le voir mort.

Pourquoi ? Parce qu'il avait été battu, parce qu'il sortait vaincu ?

Non, il me faisait de la peine, il souffrait. Il aurait fallu que je m'en occupe, or j'étais déjà en retard pour l'école.

Au fond de moi, je pensais qu'il était trop blessé pour continuer de vivre. Je refusais la souffrance. La sienne et la mienne.

Flirting with desaster

Fosca me réveilla très tard le lendemain matin. Je m'étais endormie sur le canapé du salon, enveloppée dans un peignoir épais, mais j'avais dû avoir froid durant mon sommeil car je m'étais recroquevillée sous les gros coussins. La fenêtre était encore ouverte et une lumière grise baignait la pièce. Il pleuvait. Je bus au robinet un litre d'eau pendant que Fosca attendait patiemment que je recouvre une partie de mes facultés.

Elle n'allait pas bien non plus. Tout allait mal d'ailleurs, je me sentais misérable, je ne comprenais pas ce qu'on faisait dans ce mouroir de luxe, je ne comprenais pas ce que Fosca cherchait, je ne comprenais rien à rien, sauf que j'aurais voulu rester repliée sur moi-même une semaine ou deux, le temps d'avoir moins mal.

Fosca me demanda le plus doucement possible si je voulais repartir. J'avais envie de lui crier « mais pour où, Fosca, on ne va pas pouvoir continuer à jouer à cache-cache, il faudra bien nous arrêter quelque part pour que la mort vous rattrape, ni vous ni moi ne pouvons continuer ainsi... ».

Évidemment je ne dis rien. Nous payâmes, allâmes en taxi chercher la Silver – incroyable, le garagiste avait tenu parole ! – et, trempées, nous nous installâmes. L'odeur familière me réconforta un peu et Fosca me fit l'un de ses sourires. Même s'il n'était que l'ombre de ses anciens sourires – brillants, malicieux, affamés, presque féroces –, c'en était tout de même un et il me fit du bien.

« Cap nord-est, matelot », murmura-t-elle.

Une heure plus tard, nous étions en Italie. Deux heures après, nous faillîmes mourir toutes les deux dans un accident de la route.

Je m'étais arrêtée deux ou trois fois pour boire ces cafés qu'on ne trouve qu'en Italie : denses et noirs comme l'enfer. Je ne sais comment, ils laissent un goût de réglisse au fond de la gorge, un goût amer bien meilleur que n'importe quelle douceur.

En quittant la station-service, sur la bretelle d'autoroute j'ai accéléré juste au moment où un camion arrivait à ma gauche ; je pensais avoir largement le temps de rejoindre la voie du milieu, mais alors que je m'engageais une camionnette cachée un instant plus tôt par le poids lourd débola soudain. J'ai failli me la prendre de plein fouet, j'ai braqué à mort et j'ai vu le camion fondre sur nous. J'ai fermé les yeux et j'ai senti le volant m'échapper des mains, retenu par une poigne plus solide que la mienne. Trois secondes plus tard nous étions pétrifiées sur la bande d'arrêt d'urgence, pendant que la camionnette nous dépassait en mugissant, écrasant le klaxon. Fosca, les mains encore agrippées au volant, a eu un curieux rictus. Je suis sortie de la voiture à toute vitesse et j'ai rendu tripes et boyaux. Rien de tel qu'avoir risqué de mourir pour vous guérir d'une gueule de bois.

Finger food

« *Sarde in saor* : sardines aux oignons. Plat typiquement marin que l'on pouvait consommer pendant un long moment en mer avant qu'il ne se dégrade. De plus l'oignon est un remède contre le scorbut, parfait donc pour les longs voyages. C'est aussi le plat principal de la fête du Redentore, fête qui se tient à Venise le deuxième dimanche de juillet et pendant laquelle on fait un pont de barques entre les deux rives. Selon l'usage de l'antique cuisine vénitienne, on peut ajouter aux ingrédients habituels du raisin sec, des pignons et de la cannelle.

« Ingrédients pour 8 personnes : 1 kg de sardines, 1 kg d'oignons blancs, 3 cuillerées de vinaigre, un peu de farine, de l'huile d'olive, une pincée de sel. On nettoie les sardines, on élimine la tête et les arêtes, on les lave et on les plonge dans la farine, puis on les fait frire dans l'huile bouillante. Dans une autre casserole, on blondit les oignons émincés dans une cuillerée d'huile d'olive, on ajoute enfin sel et vinaigre. »

Fosca se tut, puis recommença sur le même ton monocorde, comme si elle tournait une page. Elle garda les yeux fixés devant elle, absente d'elle-même, absente de l'instant présent.

Je suffoquai un petit rot.

« *Bacalà mantecato alla venessiana,* dit aussi *bacalà* Mont-Blanc : le stockfisch ne peut plus être considéré comme un plat pauvre, ainsi qu'autrefois. Aujourd'hui on le sert en hors-d'œuvre sur des croûtons de pain grillé ou sur des triangles de polenta, accompagné d'un bon verre de *prosecco*. En Vénétie, il y a plusieurs manières de faire le *bacalà*, notamment à Vicenza, dont c'est la spécialité, et où on le cuit avec des anchois, du parmesan râpé et du persil. La recette vénitienne est conseillée par la Confraternité de la morue.

« Ingrédients pour 4 personnes : 1 kg de stockfisch déjà amolli, lait, huile d'olive, sel, poivre. On nettoie d'abord le stockfisch norvégien ou Ragno ; l'élimination de la peau et des arêtes est une opération qui requiert le plus grand soin. On le bat longuement de manière à le réduire en écailles mais pas en miettes. On le met dans une casserole où on a déjà fait tiédir assez de lait pour le couvrir entièrement. On le fait cuire très doucement, jusqu'à absorption complète du liquide, en mélangeant avec une cuillère en bois. On baigne le stockfisch avec de l'huile d'olive extravierge en continuant à bien mélanger, puis on alterne lait et huile, toujours en mélangeant, jusqu'à l'obtention d'une crème. On ajoute sel et poivre. On le sert avec un peu de persil plat haché.

« *Risi e bisi* : riz et petit pois. Le plat typique de la fête du Doge, le 25 avril...

– Beurk, Fosca, ça suffit, je vais m'arrêter pour vomir à nouveau si vous continuez... Comment pouvez-vous, après ce qui s'est passé...

– C'est une forme de méditation, penser à la meilleure manière de cuisiner un plat. Il m'arrive de me plonger pendant des heures dans la lecture d'un livre de recettes quand je suis fatiguée. C'est reposant... »

Après une pause de silence bienvenue, nous traversions les rizières près de Pavie quand Fosca me demanda si elle m'avait déjà parlé de Junko.

« Junko d'Aubeville fut la seconde femme de Jules. Quand Jules est mort, Junko a failli le suivre. Elle l'aimait tellement. Je me dis qu'elle l'a aimé plus et mieux que je n'aurais jamais réussi à le faire. Cette petite Japonaise n'était pas particulièrement jolie, mais si parfaite dans sa petitesse ! Des petites dents qui luisaient comme des amandes dans sa petite bouche rose, de petits ongles, de petites mains potelées, un petit nez, des tout petits pieds, des petits seins et un tout petit cul d'abricot sauvage. Un bonbon.

« Je me sentais rustaude comme un hussard à côté d'elle ! Junko avait dix-huit ans et elle était fascinante. J'en fus fascinée, et Jules en fut, évidemment, fasciné lui aussi.

« J'ai vite compris d'ailleurs que c'était la femme idéale pour lui, un jour où je l'ai vue disposer des roses dans un vase. Elle prenait les fleurs une à une, coupait la tige en biais, puis la cautérisait avec une allumette. Une à une, et il y en avait cinquante !

« Quelque temps après, j'ai trouvé dans l'un des tiroirs de Jules des photos de la bouche de Junko. Rien que ça, sa bouche, ouverte, fermée, entrouverte, lui tirant la langue, et même lui faisant la grimace.

« Si cela me faisait moins mal qu'auparavant – j'avais le cœur au frigo –, j'étais furieuse qu'on me prenne pour une idiote.

« Je te l'ai dit, je suis paresseuse, les chattes n'aiment pas déménager. J'ai traîné encore un peu, et enfin je suis partie pour de bon, avec une petite valise et quelques livres que j'aimais.

« J'ai déménagé au Ritz et je lui ai fait envoyer la note.

« Tout cela est arrivé pendant les fêtes de fin d'année. La nuit du nouvel an je l'ai passée devant un croque-monsieur au Flore, avec un livre et un verre de champagne.

« Une nuit, il y a une vingtaine d'années, j'ai été réveillée par un bruit étrange. C'était à l'automne, il pleuvait et le vent hurlait dans les branches du marronnier. J'écoutais, l'oreille tendue, mais je n'entendais plus rien, et puis, tout à coup, un bruit me fit sursauter. C'était à mi-chemin entre le miaulement d'un chat blessé et le cri d'un oiseau. Je laissai la lumière éteinte et me levai pour comprendre d'où venait ce bruit. La porte de la cuisine donnait sur une impasse ; doucement, j'ai écarté les rideaux. De l'autre côté de la fenêtre, écrasé contre la vitre, est alors apparu un visage comme une tête de mort, la bouche ouverte dans un appel au secours, lèvres retroussées, dents découvertes, les cheveux mouillés qui pendaient, cachant la figure.

« Un autre gémissement à fendre l'âme se leva. Dans ce gémissement, je devinai mon nom.

« J'ai ouvert à Junko, et elle est tombée sur moi à moitié évanouie. C'est ainsi que je reçus, en même temps que le corps de ma rivale dans les bras, la nouvelle de la mort de mon ancien mari. J'ai pleuré avec elle. Tous les hommes que j'ai aimés, je les aime encore et malgré tout.

« J'ai gardé Junko dans mon lit, serrée contre moi, toute la nuit. Au matin, je n'ai pas eu le temps de me lever, de lui préparer un café. À mon réveil elle était partie.

« Peu de temps avant sa mort, j'avais revu Jules par hasard. Nous avions bu un café ensemble, et il m'avait demandé si je lui en voulais. Je lui avais dit que non. Pour en vouloir à quelqu'un il faut du temps et de l'énergie. J'avais préféré continuer de vivre. Alors il m'avait demandé si j'en voulais à Junko. J'avais répondu avec une certaine satisfaction qu'elle n'avait eu que ce qu'elle méritait.

« Mais sincèrement, je crois que Jules a eu beaucoup de chance en l'épousant. Elle l'a aimé comme je ne l'aurais jamais su, car en quelque sorte, pour Junko, tout ce que Jules faisait était bien.

« Nous ne sommes jamais devenues amies elle et moi, mais depuis cette nuit-là une complicité est née entre nous deux. Au fond, nous avions les mêmes goûts, à défaut d'avoir les mêmes arguments. »

Bellissima bateau

L'accident évité de justesse m'avait secouée et nettoyée. L'adrénaline m'avait lavé le sang, et la peur, l'estomac.

La Silver se faufilait dans le trafic autour de Milan. Il avait cessé de pleuvoir et sous le ciel bleu le paysage autour de nous était encore plus moche : une suite de hangars, des *capannoni*, surmontés d'affiches hideuses.

Je croquais une pomme tout en conduisant. Fosca, aux aguets, me tendait des lamelles de *bresaola*. Je jouissais pleinement de la légère acidité de la pomme verte mélangée au goût de la viande fumée : quand on conduit, il y a des moments de calme et d'absolue clarté intérieure pendant lesquels les gestes sont comme des mantras, le temps et l'espace ne sont plus rien.

À Venise, nous descendîmes naturellement à l'hôtel Des Bains, le palace préféré de grand-mère. Rien à voir avec *Mort à Venise*, le seul film de Visconti que, me dit-elle, elle exécrait. Je me tus, évidemment.

Du Tronchetto nous prîmes le *traghetto* pour le Lido. Fosca ne voulait pas laisser la Silver. Elle tenait à l'avoir à ses côtés, avec toutes ses affaires à portée de main.

De plus, elle n'avait jamais supporté, me dit-elle, la promiscuité avec les beautés trop ajustées de la ville, elle aimait mieux aller et venir à sa guise, comme quand on va dans un musée pour n'y voir qu'un seul tableau.

« Même la beauté fatigue », ajouta-t-elle.

Le Lido lui convenait tout à fait, elle y retrouvait même quelques anciennes habitudes, par exemple celle de louer une *capanna* entre l'Excelsior et la plage, comme font les Vénitiens de souche. Une coutume qui lui venait de ses tantes.

« Des vrais lézards, mes chères petites vieilles. Férocement accrochées à la vie, jusqu'à la fin, si avides de leurs plaisirs quotidiens », me dit-elle.

Fosca entretenait avec Venise l'intimité qui n'est donnée qu'à certains de ses admirateurs, riches de préférence.

Dès que nos bagages nous eurent rejointes dans la chambre, dès qu'elle fut douchée, et qu'elle se fut changée pour endosser, avec la féminité et le bon goût que je lui enviais, une robe couleur aubergine et un rang de perles, « le moins, c'est le plus, mon petit cœur », elle voulut sortir pour dîner en ville. Elle jeta une étole en cachemire sur ses épaules et descendit le large escalier.

Marchant derrière elle, j'admirais sa nuque longue, sa tête haute, les boucles de ses cheveux qui effleuraient le col de la robe.

Je la regardais en me disant que c'était peut-être l'une des dernières fois que je la voyais droite et belle jusqu'au bout des ongles, plus femme dans sa vieillesse que je ne l'étais dans la jeunesse de mon corps famélique et vaguement masculin. Grand-mère m'avait bien prêté pour la soirée une veste en lin assez élégante, mais je l'avais déjà nouée autour des hanches.

Fosca se renseigna auprès du concierge sur la fréquence des navettes et lui demanda de réserver une table dans une *osteria* chic qu'elle aimait, l'Enoteca San Marco.

Elle se montra exubérante toute la soirée. Le patron, vêtu de son tablier en cuir, vint nous présenter les vins. Elle passa commande comme pour un bataillon de jeunes soldats.

Elle joua avec les cloches en argent, jongla avec les verres, ne mangea presque rien mais but une gorgée de tout. Elle fut gaie comme elle savait l'être, racontant mille anecdotes, mille plaisanteries, me faisant rire entre la polenta et les *schie* – des bébés crevettes –, les *spaghetti alle vongole* et les *buranei*, des biscuits que je trempai dans les dernières gouttes de vin.

Fosca adorait me voir manger. Elle me fit remarquer la finesse des petites portions.

« Ce sont des *cicheti*, des tapas vénitiens, servis de manière raffinée. Avec le déploiement des cloches, c'est une sorte de mise en scène à la fois burlesque et grave que nous propose le chef, si j'ai bien saisi... »

La soirée avait été chaude, lourde, sans air. De gros nuages s'étaient groupés d'un côté du ciel et maintenant ils couraient, s'amassant au-dessus de nos têtes.

Fosca aimait les orages. L'odeur d'ozone l'excitait, lui dilatait les narines. Elle ressemblait en ces moments-là à un panda, avec son nez à peine aquilin et ses larges pommettes, ses yeux qui rétrécissaient et l'expression qui lui venait, à la fois innocente et méchante.

Nous nous mîmes à marcher assez vite. La canne de grand-mère rythmait nos pas en une course bizarre, sorte de galop à cinq pattes.

Arrivées sur la Riva degli Schiavoni, où notre navette aurait dû être amarrée, nous eûmes, ainsi qu'une quinzaine d'autres personnes, la mauvaise surprise de nous entendre dire par un marin en uniforme de l'hôtel Des Bains que l'une des Lancia était en panne et qu'il fallait attendre que l'autre revienne du Lido.

« *Quando arriverà ?* lui demanda grand-mère.

– *Mah !* » répondit le marin en ouvrant les bras.

101

Nous nous regardâmes les uns les autres, mi-alarmés, mi-amusés. Les femmes avaient des mises en plis soignées et des chaussures à talons hauts, les hommes des blazers bleus, des chemises blanches et des pantalons impeccables. Tout le monde avait la même odeur, celle des savons et des bains moussants de l'hôtel.

Tribu de privilégiés tombée par mégarde dans la vie réelle, entre une averse qui se préparait et une chambre d'hôtel inaccessible.

Moi, ça m'aurait plutôt fait rigoler, mais j'avais la charge de Fosca, de sa bonne humeur précieuse et fragile, du filet de vie qui la maintenait debout.

La pluie commença à tomber. Le marin nous regarda frissonner les mains dans les poches, nous restâmes tous debout, serrés les uns contre les autres, à nous parler à voix basse. Quelqu'un proposa de prendre un taxi, un autre demanda au marin où était l'arrêt du vaporetto, un homme mit sa veste sur la tête de sa compagne – geste chevaleresque mais vite inutile. Quelques secondes plus tard, l'étoffe fut transpercée par une pluie abondante mais, Dieu merci, assez tiède.

Lorsque nous fûmes douchés, imbibés de la tête aux pieds, une hilarité nerveuse nous secoua. Les femmes pouffaient, touchant leurs cheveux plaqués sur le crâne ; leurs vêtements fins devenaient transparents sous la pluie.

Une navette finit par s'approcher, toutes lumières éteintes : lorsqu'elle s'amarra, on nous apprit qu'un court-circuit avait fait sauter l'installation électrique.

Pendant ce temps, d'autres infortunés nous avaient rejoints, eux aussi complètement mouillés, eux aussi au bord de l'hystérie.

Nous montâmes de manière assez ordonnée sur le bateau, dans le noir absolu. Il n'y avait pas assez de place pour tout le monde ; nous dûmes d'abord nous coller les uns aux autres, puis en désespoir de cause les dames s'accommodèrent des genoux des messieurs.

Arrivée au Lido, je récupérai une Fosca réjouie, mais les lèvres blêmes. L'étole qu'elle avait mise sur la tête pour se protéger de la pluie était un vrai torchon. Je lui pris la main pour l'aider à monter. Elle était brûlante de fièvre.

Di tanti palpiti

La pluie de la nuit avait lessivé l'air. À notre réveil, un soleil éclatant illuminait notre chambre à l'hôtel Des Bains.

Fosca allait mal. Elle avait très soif mais n'arrivait presque pas à avaler, sa gorge enflée lui donnait l'impression d'étouffer après quelques gorgées.

Le soir précédent, j'avais pris sa température – 38,4° –, heureusement ce matin elle était retombée à 37,5°. Sur une table je tenais au chaud du thé, de la camomille et j'avais demandé des pailles au bar, pour qu'elle puisse boire plus facilement. Elle ne se plaignait pas, comme d'habitude.

Étendue parmi ses châles et ses livres, son plaid sur les genoux et sa canne suspendue au ciel de lit, elle me demanda d'autres oreillers, car elle avait du mal à respirer.

« Comme les mannequins avant le défilé, pour ne pas avoir des poches sous les yeux, dit-elle en plaisantant, et elle ajouta : J'aimerais, si possible, être une morte présentable. »

Je regrette de lui avoir répliqué un peu sèchement de ne pas dire de bêtises.

Pendant la nuit, elle avait gémi dans son sommeil, mais ce matin elle m'avait assuré avoir bien dormi.

« J'ai fait un beau rêve étrange, me murmura-t-elle. Dans une galerie remplie d'œuvres d'art, je rencontrais un homme que j'ai aimé. Il était tout d'un coup près de moi, avec sa tête d'ange bouclé... puis, et cela me sembla tout d'abord une coïncidence, je repérai non loin de là un autre garçon avec qui j'ai eu une histoire, plus une tornade qu'un amour. J'étais gênée, mais enfin, je faisais bonne figure, cela m'était déjà arrivé de rencontrer deux de mes amants dans le monde...

« Le rêve était très vivant, sensuel, avec des odeurs et des saveurs. Je me donnais une contenance en sirotant une coupe de champagne et en bavardant avec mes amies du chœur, Marie et Clotilde. Marie était jeune et très belle comme lorsque je l'ai connue, au tout début de sa carrière de soprano, et Clotilde, inviolée, comme avant sa maladie.

« Soudain un homme m'a embrassée, entre la joue et le cou, par-derrière. Je me suis retournée : Samuel, je t'ai parlé de Samuel ? Il riait, et j'ai été touchée comme toujours par ses beaux yeux, par sa bouche sensuelle, par sa bonne odeur de pain frais qui m'a enveloppée. Pendant que je le dévisageais, embarrassée, sans trop savoir quelle attitude adopter, j'ai remarqué deux autres garçons qui m'observaient, l'air tendre et narquois.

« Jules était là, et Camillo, et Nigel m'a prise dans ses bras et embrassée sur la bouche, les yeux tout pétillants de la joie de me retrouver. Ils étaient tous jeunes et beaux, ils étaient aussi délicieux que lorsque je les avais connus et aimés. La musique a commencé, et chacun d'entre eux m'a entraînée dans un tour de danse. Je suis restée un long moment enlacée à Sam, presque sans bouger, mais ma dernière danse a été pour Clotilde. Mais si, je t'ai parlé de Clotilde. Enfin la musique a cessé, et je me suis réveillée dans mon corps de vieille femme. Ils étaient tous venus me dire au revoir. »

Fosca toussa, une petite toux sèche qui m'arracha le cœur.

« ... *bambina*, ne t'inquiète donc pas. »

Je lui demandai qui étaient Samuel et Clotilde, mais il était trop tard : elle détourna un regard qui était déjà loin et semblait venir de derrière un miroir. Puis, très vite, cette sensation a reflué, laissant la réalité nue et un sourire flottant sur ses lèvres. Fosca me demanda prosaïquement de l'accompagner aux toilettes. Sa canne dans une main, elle s'appuya sur moi de l'autre.

Je lui demandai de chanter pendant qu'elle était dans

la salle de bains. Je voulais l'avoir à l'œil. Elle protesta, rit, puis se mit à chantonner je ne sais quoi de sa jolie voix un peu cassée.

Je m'assis par terre devant la porte et j'attendis.

Exploration de l'ombre

J'entendais l'eau couler dans la salle de bains. J'entendais Fosca chantonner, par à-coups. En se brossant les dents, elle n'émit que des miaulements qui la firent rire.

Je restais oisive dans la grande pièce claire, luxueusement meublée, certes, mais si impersonnelle. Moi qui ai horreur des chambres d'hôtel, j'étais servie. Peu importe qu'on paie des centaines d'euros, quelque chose de toutes ces personnes qui dorment, baisent, mangent, regardent la télé, vont aux toilettes, se déshabillent, pleurent dans le noir, prient dans le noir, se mettent les doigts dans le nez, quelque chose de tous ces gens reste accroché aux rideaux, en suspension dans l'air. Toutes ces bribes de vie s'accumulent dans les coins, remugles de corps et d'âmes de passage. J'ai horreur des hôtels. Les palaces, les pensions de famille, les B&B, ces chambres qui ne sont à personne, ces chambres qui sont à tout le monde.

Mais je hais surtout les palaces.

Les miasmes qui montent d'un palace et de ses multiples cloaques me sont odieux.

Dans le restaurant d'un palace de Monaco, j'ai vu une femme avec deux sacs Chanel à la main.

Au Pierre, à New York, une jeune Américaine qui logeait dans une suite m'a dit qu'elle ne priait pas, mais qu'elle réclamait haut et fort ce dont elle avait besoin dans ses échanges avec Dieu.

En Floride, j'ai parlé à la veuve quasi momifiée d'un milliardaire. Elle nageait deux heures le matin et deux heures le soir. Elle vivait dans des palaces, mais seulement dans ceux pourvus d'une grande piscine...

À la rigueur, j'aime bien les ruines qui fréquentent les palaces et aussi les palaces en ruine. J'aime bien quand on ne voit plus qu'une rampe d'escalier pourrie, un canapé moisi, des chauffe-plats au rebut, des draps troués, des matelas défoncés, des bars vides, des couverts qui ont perdu leur émail, des clés qui n'ouvrent plus rien, un nom ronflant sur une de ces énormes marmites en faux argent dans lesquelles on sert les œufs brouillés au petit déjeuner.

Le palace que je préfère, c'est celui qui brûle à la fin de *Shining*. C'est la fin qu'il mérite. Empli de monstres et d'amours tragiques, de zombies pots de colle et de larbins hypocrites...

L'eau continuait à couler dans la salle de bains. Je n'entendais plus Fosca chantonner ni bouger. Mon cœur s'arrêta. L'image de son corps étendu par terre me coupa le souffle. J'ouvris la porte à la volée : pressentiment confirmé.

Je la recueillis et l'installai sur le lit, toute propre, toute parfumée et coiffée, mais les lèvres violettes et l'iris des yeux visible sous les paupières pas tout à fait baissées. Des violettes dans du lait.

Vite, appeler la réception pour qu'on fasse venir un médecin. Mais la main de Fosca arrêta mon bras. Elle marmonna une interdiction de téléphoner, puis se tourna de l'autre côté et se mit à respirer fort.

Je restai près d'elle. L'après-midi s'écoula. Le tintement des couverts et le bruit des conversations sur la terrasse en bord de mer s'amplifièrent puis s'évanouirent ; quand le dernier garçon eut ramassé le dernier verre, quand la dernière mouette se tut, quand le silence retomba, je m'endormis aussi.

Je rêvais de Fosca nue, assise à l'envers sur un cheval qui galopait, lorsqu'elle me réveilla d'une caresse.

L'aube pointait.

Ses yeux me regardaient, mutins et tendres.

Tout bas, d'une voix que je ne reconnus pas, elle me dit :

« Comment vas-tu, ma fille, ma chère fille... »

Puis elle chercha ma main, l'embrassa et la tint serrée dans la sienne, petit tas d'os et de peau fondante, parfumée encore de son savon à la lavande.

J'avais si peur. Peur de quoi, ce n'était pas à moi d'avoir peur...

Fosca me serra la main de nouveau et se remit à parler.

Elle avait une voix si faible que je fus obligée de m'étendre près d'elle pour l'entendre. Ainsi, le visage tourné vers moi, elle soupira ses mots.

« ... la souffrance, ma Constance, vient de la résistance au changement. Je vais me laisser glisser, ne fais rien pour me retenir, même si je devais durer quelques heures de plus, quelques heures de trop... »

Sa respiration se fit sifflante.

« ... mon cœur va s'habituer à battre moins, pour apprendre à ne plus battre... n'aie pas peur, je t'en prie, aide-moi, sois vaillante. »

Je la sentais frissonnante d'une sorte de fièvre qui secouait légèrement tout son corps, comme quand on veut dire quelque chose de très difficile à quelqu'un qu'on aime, comme lorsqu'on veut demander à quelqu'un s'il nous aime, mais qu'on n'ose pas, comme quand on se dit qu'on n'y arrivera pas.

Les veines sur son cou palpitaient, son visage vint encore plus près du mien.

« L'un de mes amants soufflait sur mon visage pendant l'amour. Cela me semble l'une des choses les plus douces de ma vie... J'ai ton haleine fraîche sur moi. C'est la chose la plus douce de ma mort...

– Ma Fosca... vous avez triché, vous ne m'avez pas même raconté la moitié de ce que vous m'aviez promis.

– Le reste, ma fille... Le reste... »

Fosca se retourna comme pour trouver le sommeil. Je guettai sa respiration qui devenait de plus en plus irrégulière.

Je laissai ma main posée sur la sienne et mon bras que je voulais léger au-dessus de son flanc décharné. Mais Fosca ne savait plus ce qui était lourd ou léger et, après encore quelques soupirs de petite fille fatiguée, elle me quitta.

Quand le vent souffle...

Je suis restée plongée quelque temps dans une stupeur de naufragée. Puis j'ai rassemblé nos affaires et je les ai rapidement descendues. Il était près de huit heures du matin. Heureusement, il n'y avait encore que le portier de nuit ; je lui ai demandé la note en expliquant que grand-mère ne se sentait pas bien et qu'elle voulait que l'on retourne chez nous. Je lui ai laissé un gros pourboire et refusé son aide pour transporter Fosca dans la Silver. Je l'ai enveloppée dans son plaid mauve, ses grosses lunettes de mouche sur le nez. Je l'ai prise dans mes bras, comme je l'avais déjà fait un jour qu'elle s'était endormie dans la voiture. Comme on le fait avec une épouse pour franchir le seuil nuptial.

Je me suis royalement foutue des dispositions à prendre en cas de décès à l'étranger. Son corps n'était plus à elle, alors si c'était pour qu'il devienne, même provisoirement, la propriété de quelqu'un d'autre... Ses leçons commençaient à porter.

Quand le vent souffle, il faut lever les voiles. C'est ce que j'ai fait.

L'après-midi nous étions – j'étais – à Paris. J'ai appelé du téléphone de la cuisine pour qu'on vienne la chercher.

L'enveloppe était posée sur la grande table au milieu de la pièce. Cette lettre me trotte dans la tête, je la connais par cœur désormais. Cette lettre qui se termine par une sorte de défi...

... Il me semble que j'avais encore plein de choses à te dire, et puis je ne sais plus. Je voulais que ces derniers mots viennent docilement sous ma plume, mais ils sont comme une tache d'encre. Tant pis.

Au fond, j'ai eu de la veine. Ayant été épargnée par les grandes douleurs, celles qui tuent, je n'ai eu que les douleurs qui font vivre ; je n'ai pas dû me construire ou me défaire autour d'un mal. J'ai été aimée, très tôt, et j'ai aimé du mieux que j'ai pu. Marie dit de moi : « Fosca a cet égoïsme des gens bien portants qui voudraient que tout le monde aille bien autour d'eux. »

Et alors ? aller bien, pour moi, c'était faire en sorte que les autres soient bien aussi.

Toi, ma Constance, tu n'es pas comme moi. Si tu ne t'es pas construite autour d'une douleur, certainement tu l'as fait autour d'un manque.

Tu sais, je n'ai pas voulu m'imposer à toi. Je t'ai regardée de loin : tu te débrouillais bien toute seule, tu semblais n'avoir besoin de personne. J'ai voulu te connaître avant qu'il ne soit trop tard.

Mon dernier souhait, c'est que tu retrouves toute seule le chemin du secret qui a rempli, dans un silence assourdissant, toute une partie de ma vie. Tu verras que rien de tout cela n'a été simple. Aucune vie ne

l'est, aucun amour : c'est un arrangement de cœurs,
d'esprits, de chance aussi.

Je te laisse maintenant. Je t'aime de tout mon cœur.

Ta grand-mère, Fosca

C'est comme si soudain un grand coup de vent avait soulevé toutes les feuilles mortes que nous avions soigneusement mises en tas dans un coin de notre jardin.

Je me suis endormie.

Darjeeling 1ˢᵗ flush

Début juin. Dix jours déjà que Fosca est morte.

Les acacias ont eu le temps de fleurir et de tomber. Moi, je n'ai eu le temps de rien, car il a fallu que je m'occupe de cet héritage qui m'embarrasse un peu.

Ce soir j'ai invité Marie à dîner. Elle est arrivée à l'heure, pimpante dans une nouvelle robe noire et des hautes sandales. Ses talons nus ont le lissé de certains cuirs de très bonne qualité. Ça donne envie de les prendre dans les mains comme ces cailloux polis qu'on trouve dans le lit des fleuves.

Souvent, quand Marie venait dîner à la maison du temps de Fosca, elle fredonnait pour nous les airs qui l'ont rendue célèbre.

Sa voix sublime a beaucoup vieilli, et elle en éprouve la honte d'un affront personnel : que ça lui arrive à elle, qui a chanté *Casta Diva* un demi-ton au-dessus !...

Pendant l'après-midi, j'ai ouvert un des cahiers de recettes de Fosca, mais je n'ai pas osé aller plus loin : Marie est une fine fourchette et moi, une bien trop mauvaise cuisinière. Fosca m'a transmis le plaisir de la bonne chère, mais ce n'est pas pour autant que, d'un coup de baguette magique, je saurais cuisiner. Ce qui est sûr, c'est que ses carnets m'en donnent envie.

Ils sont incroyables : il y en a une bonne centaine, pleins de dessins et de notations, dans le genre « soir d'été pour des amis très chers » ou « après la pluie ». Il y a même une note qui dit : « dîner chic avec des gens qu'on n'aime pas » : pigeons au sang, servis la tête sous l'aile, avec un accompagnement de ragoût de trompettes de la mort. Il est spécifié que les feuilles de salade qui accompagnent ce plat ne doivent pas être coupées.

Dans un des carnets, j'ai aussi trouvé des réflexions qui n'ont rien à voir. « Il faut continuer, je ne peux pas continuer, je vais continuer », et ces mots datés de 1949 : « T'en souviens-tu ? Te souviens-tu de nos chambres d'été, et des longues soirées calmes, des lucioles dansantes et des grillons monotones... te souviens-tu de notre lassitude, de tout cet amour silencieux ? Te souviens-tu, toi qui m'avais promis ta vie et tes bras pour ceindre ma vieillesse, te souviens-tu de cela ? Quand l'as-tu oublié ? Quand tu m'as trahie la première fois ? la deuxième ? Quand as-tu cessé de m'aimer ? »

Elle avait du panache, Fosca. Mais il manque à sa fable de vieille dame comblée l'inquiétude et la souffrance : lors de ce dernier voyage, elle a peint son portrait en escamotant le passé, en le dissimulant sous des atours philosophiques, en noyant ses peines dans le vague du souvenir.

Dans le même carnet, il y avait aussi une description de son amie Clotilde.

« ... amas de cheveux sombres, poids de serpents vivants sur une nuque frêle, petit nez droit aux narines dilatées de négresse ; sa bouche est presque indécente dans ce visage de sainte très brune.

« Elle a un corps aux attaches d'adolescente, les épaules tombantes d'une enfant et les fesses rondes et lourdes, avec des fossettes au creux des reins.

« Clotilde est sotte comme savent l'être les génies bizarres ou les jeunes enfants prodiges. Elle a une voix de garçon qui mue. C'est ce qui trouble le plus chez elle.

« Je n'ai que des amies qui, si j'étais un homme, seraient mes maîtresses. »

Un loup

Je m'en suis remise quasi exclusivement à Marie pour le dîner. C'est elle qui est allée fouiller dans le freezer. Je l'ai ensuite accompagnée à la cave pour qu'elle choisisse le vin. On a plongé un chassagne-montrachet dans un seau pour elle. Moi j'ai ouvert une canette d'Orangina.

Nous avons dîné sous le marronnier d'une dorade farcie aux pistaches avec un *pesto* d'olives noires et zestes d'orange. J'avais réussi à préparer, quand même, une salade de mâche, roquette et pousses d'épinards, et j'avais sorti du freezer magique un sorbet aux amandes. Parfait avec les tuiles aux noisettes dont Fosca avait rempli des bocaux entiers. Sous les huées de Marie, j'ai fini par délaisser ma canette pour un petit verre de *malvasia* glacé.

Marie, comme Fosca, parle beaucoup et bien. Moi, fidèle à mon habitude, je me tais. C'est commode, les vieilles dames bavardes, ça vous évite les frais de conversation.

Je n'écoute pas toujours attentivement, par ailleurs. Je laisse filer. J'attrape une phrase par-ci, un mot par-là.

« De mémoire de rose... », dit Marie.

Je l'arrête d'un hochement de tête.

« Je ne comprends pas, Marie.

– Je te parle comme je parlais à Fosca. On parlait souvent par... comment dit-on déjà ? par *private jokes*... Les vieilles amitiés sont faites de ce lexique intime. La phrase entière est « de mémoire de rose, jamais on ne vit mourir un jardinier », et c'était devenu une ritournelle, entre Fosca et moi. Clotilde, par exemple... »

Je l'interromps de nouveau.

« Je ne sais pas qui est Clotilde.

– La meilleure amie de Fosca.

– Ce n'était pas toi ?

– Oh moi, j'étais plus une sœur qu'une amie. »

Elle prête soudain toute son attention à un biscuit qu'elle a fait tomber. Puis, sans me regarder, elle continue.

« Clotilde avait ce qu'on appelle, en langage de luthier, un coup de vent. Tu sais, les archets sont aussi difficiles à fabriquer qu'un instrument entier. Ils sont en pernambouc, un bois incassable d'Amérique du Sud, et les crins viennent de la queue des juments...

– Pourquoi, celle des étalons ne fait pas l'affaire ?

– Non, car les juments urinent sur leur queue, et pas les chevaux : avec l'urine, les poils deviennent à la fois très résistants et très souples.

« Le coup de vent, poursuit Marie, est un vice caché dans les fibres du bois. Il suffit que l'arbre ait été malade pour que cette souffrance le marque à jamais. Ça pourrait être le plus bel archet du monde, il finira toujours par produire une fausse note.

« Fosca et elle, eh bien, c'étaient des chattes... Elles se mordaient et pouvaient se blesser en faisant semblant de jouer. Clotilde tyrannisait Fosca, comme une souris peut agacer un éléphant, ou un scorpion piquer une génisse. Ce n'est pas gentil de dire ça, mais c'est la vérité.

« Fosca l'adorait. En même temps, avec son espèce de bon sens campagnard, elle l'observait un peu en biais, comme les paysans regardent le ciel avant les vendanges... »

Marie est droite, adroite aussi. Quant à moi, à force de me taire, je sais que les silences piègent les mots. Surtout les mots qu'on ne veut pas dire.

Je comprends pourquoi chez les singes les plus évolués ce sont les plus vieilles femelles qui règnent. Et aussi pourquoi les hommes lâchent la rampe plus tôt.

Je demande à Marie, à tout hasard, si l'un des hommes de leur tribu est encore en vie. Un prétendant, un prince consort, un fiancé, un, je ne sais pas, un rescapé qui donnerait sa version des faits.

« Quels faits ? » me demande Marie, sur ses gardes.

Ne sois donc pas impatiente, ma fille. Laisse-la filer. Le sang frais se lave très bien. On ne voit plus où il a coulé. Mais les vieilles taches de sang s'incrustent. On ne peut plus les enlever.

Marie a repris comme si de rien n'était le fil de son discours, mais je ne l'entends pas. Je frémis sur ma chaise, et soudain, n'y tenant plus, je suspends le flot de ses souvenirs par une question qui tombe assez sèchement :

« On peut savoir qui est Samuel ? »

Elle se met à tousser. Si elle claque ce sera ma faute, mais elle est si fragile que je me vois mal lui taper dans le dos. J'attends donc, et une fois sa toux calmée je la raccompagne avec la Rolls. Je la fais asseoir sur la banquette arrière, et elle se la joue Dame aux camélias.

Après l'avoir déposée en bas de chez elle, je fais un grand détour, comme ça, pour le plaisir. Je suis bien. Paris sent le tilleul et l'essence, l'asphalte chaud et autre chose... Paris, quoi.

Emprunter le Pont-Neuf est un enchantement. J'adore les anges de Paris, celui de la Bastille, grâce et légèreté, celui du Châtelet, lourd de seins et de hanches, les bras couronnés de lauriers. Les monstres des fontaines, les serpents entrelacés près du Jardin des

Plantes, les gentils lions qui crachent l'eau au milieu des grandes places bruissantes, tout ce bestiaire mythique qui, le jour, se tient coi, et la nuit sort pour féconder les rêves. Je roule longtemps, le coude posé sur la vitre baissée : j'aime Paris autant que je le déteste.

Il est presque trois heures quand je rentre ; la maison est obscure, il y a juste une lumière qui brille à la fenêtre de Fosca.

Ses nuits blanches sont encore les miennes.

Amours, vieillesse et cigarettes

Dans la chambre de Fosca, les tiroirs ne sont pas rangés, les armoires et les coffres sont remplis à ras bord de milliers de trucs. Des coquillages s'effritent près d'un bout de bois flotté, une médaille de la Vierge et un cornet napolitain au bout d'une chaînette côtoient un petit cœur en argent bruni... Ça, c'est Fosca tout craché : superstitieuse par coutume, religieuse comme une païenne convertie, amoureuse au cœur de bronze.

Que d'objets s'entassent dans une vie ! Pas toutes les vies, cependant : la mienne est légère de trop de voyages, de solitude et de timidité, de peu de liens.

C'est pour ça aussi que je cherche dans la vie de Fosca ce qui manque à la mienne : cette passion, cette force, cet attachement à tant de choses et de gens. À mon âge, Fosca avait quitté Camillo, elle s'était remariée avec Jules, elle était déjà repartie ; à mon âge, elle était amère de ne pas avoir eu l'enfant qu'elle attendait.

Ses tourments, Fosca les a dissimulés derrière une façade blanche. Elle qui disait que la trahison est une prise de liberté, et qui parlait plus volontiers d'éthique que de morale, ne m'a montré que sa part de lumière.

Les photos de Fosca ne sont pas collées dans des albums. Les habits, les objets, tout ce bordel devait attendre d'improbables hivers pour être classé.

Attaché avec un élastique desséché, un gros paquet de photos aux bords dentelés se défait. Quelques images tombent sur le tapis.

D'abord, je ne vois que des sourires. Les jeunes gens sur ces photos ont l'air de faire partie d'une même famille ; ils se tiennent par la main ou par l'épaule, en camarades. Et ils sourient.

Je reste debout, je les regarde d'en haut. Ce n'est pas qu'en noir et blanc tout le monde ait l'air forcément beau, c'est que ces gens le sont vraiment.

Photos de vacances. Ce n'est pas qu'en vacances tout le monde soit forcément beau, je le répète, ils sont vraiment très beaux, tous.

Je m'agenouille, je refais une pile droite, nette. Sur la première image, Fosca, assise les jambes croisées, avec l'un des premiers mini-Bikini, la main en visière au-dessus des yeux, regarde effrontément l'appareil, les gencives à découvert, la bouche rouge et blanche déformée par un grand rire. Sur une autre photo, elle est dans la même position, mais elle regarde au loin, les yeux plissés sous le soleil, entre une femme debout à sa gauche en short et soutien-gorge à balconnet, avec une cascade de cheveux bouclés qui lui couvre les reins, et un homme sans chemise à sa droite, pantalon retroussé, pieds nus, un genou à terre. La femme a un visage émouvant, elle sourit d'une manière qui donne envie de pleurer, ou plutôt comme si elle implorait et exigeait à la fois. L'homme est le seul à ne pas regarder l'objectif, il sourit lui aussi, mais pas à l'appareil.

Il regarde les femmes la tête penchée. Une mèche plus longue lui retombe sur le front, sombre. Il a les cheveux drus, coupés à la mode des collèges anglais, très courts sur les côtés et la nuque, longs devant. Une bouche nue, des lèvres pleines dans un visage par ailleurs un peu maigre, aux joues creuses. Un beau cou, les épaules déliées, la poitrine pas très ample, un peu celle d'un adolescent grandi trop vite. Son pantalon glisse sur des reins étroits, et ces reins élégants et durs sont ce qu'il y a de plus accompli dans ce corps charmant d'homme qui balance entre la jeunesse et la maturité.

Derrière la photo, une date, 6 septembre 1954, et les noms, Clotilde et Samuel.

Parmi les photos, il y en a une un peu plus grande que les autres. C'est l'image d'une femme étendue dans un champ brûlé par l'été. Elle a le pantalon remonté sur les mollets. Sa chemise blanche est défaite. On ne voit pas ses seins, juste une plage de peau dorée au milieu. Les yeux mi-clos, elle tient à la main une cigarette dont les volutes jettent une ombre sur son visage. Une jambe est posée sur le genou de l'autre, et elle a le pied en l'air, comme si elle était en train d'en remuer lentement les orteils. Sur ses lèvres flotte un sourire comblé mais ambigu, son visage est celui d'un ange de Piero della Francesca. Même bouche aux coins tombants. Même nez en l'air qui hume, narines frémissantes, les odeurs d'un été disparu.

Je reconnais Fosca au faîte du charme, de la beauté, de la jeunesse.

Au dos de la photo, la date, été 1954. Je m'assois sur le lit. Chagrins, nuits d'amour, secrets de Polichinelle, de feuille morte, de morte-eau, de morte-saison... Il y a des choses que l'on ne peut faire que dans l'aile sombre de la nuit : retrouver les caresses, renouer les mains qui ont été séparées, remonter le cours des larmes.

Je me prépare un café fort que je bois dehors, les pieds dans l'herbe humide. J'aimerais fumer, juste pour avoir la compagnie d'une cigarette.

Ensuite j'ouvre avec méthode toutes les armoires, mettant la chambre à sac.

Dans un carton à chaussures je trouve une paire de sandales dorées. L'un des talons manque. Une araignée s'échappe du papier de soie qui enveloppe un mince tas de lettres et un carnet noir, tous les deux datés de cette année 1954.

Paris, 1ᵉʳ janvier 1954

Au cours de la réception, vous avez renversé un vase de fleurs, une pile de bouquins et mon cœur.

Dans la bibliothèque je vous ai vouvoyée vous m'avez tutoyé je t'ai serrée tu m'as embrassé j'ai fermé la porte à clé.

Je ne t'en ai rien dit, mais j'avais quand même le deuxième tome des *Deux Sources de la morale et de la religion* de Bergson qui me meurtrissait le bas du dos pendant que tu me chevauchais, ma sauvage inconnue.

À demain, enfin, à aujourd'hui.

Le billet est écrit à la plume au dos d'une carte de visite. Je la retourne : elle est barrée, gravée au nom de M. Samuel Delville, 14, avenue Victor-Hugo, 75016 Paris

Paris, 11 janvier 1954

Tant de brutalité, au-delà de toute sophistication, me plaît infiniment. À la fin tu vas à l'essentiel, et donc à l'animal.

À toi,
Samuel

Paris, 13 janvier 1954

J'ai reçu ta photo. Tu es très belle, tu as l'air d'une innocente, or je sais que tu es diabolique. Tu peux paraître ingénue ou jouer à la femme fatale, tu peux avoir l'air d'une putain et te conduire en nitouche. J'aime ça chez toi, même si quand on est ensemble je me sens un peu dans la peau d'un dompteur de serpents.

Un baiser.
Samuel

Paris, 14 janvier 1954

Il fait froid et humide et il te manquait lorsque tu es rentrée chez toi ce petit bout de vêtement que je serre dans mon poing. Il parfume comme le printemps qui s'annonce, il parfume comme la mer.

Les taxis passaient, tous occupés, tu attendais avec moi sous la pluie, et puis après un tortillement étrange, rouge, rieuse, tu m'as mis cette poignée de dentelles dans la main. Le taxi s'est arrêté et je suis parti, et il m'est resté de toi ces quelques grammes de tissu qui m'empêchent de penser à autre chose qu'à toi.

Sam

Fosca,

Dans ta dernière lettre il y a le résumé de ce que tu es : une femme. Une femme habituée à réfléchir sur ses pulsions avant de se les permettre. Tu affrontes tes envies au lieu de les ignorer.

Je commence à te connaître un petit peu. Tu prodigues tes faveurs, tu distribues tes largesses mais ce n'est qu'un besoin de complaire. Et d'avoir la mainmise sur les autres par la même occasion. Il t'est difficile de confesser ne fût-ce qu'à toi-même une infériorité quelconque.

Mais tu sais déjà tout ça, sans doute. On ne comprend que ce qu'on a déjà compris. Et puisque c'est de toi que me vient cette compréhension, c'est donc juste un miroir que tu veux que je te renvoie. Ce que je fais avec plaisir, avec un baiser pour sceller la lettre.

Samuel

21 mars 1954

Ma pauvre chérie,

Tu étais hier soir si désemparée, et tu essayais de faire croire que tout allait bien, tu souriais mais il y avait trop de sel dans la salade, le gigot était trop cuit et tout sec, toi qui ne te trompes jamais en cuisine... Je suis là quand tu

125

as mal, tu le sais, toi qui as toujours été là pour moi.

Compte sur mon amitié.

Ta Marie

Saint-Cloud, 23 mars 1951

Ma douce,

Pourquoi tu veux toujours tout ?

Quand tu m'as présenté Samuel chez toi (j'ai l'impression que cela fait déjà si longtemps !), tu m'as dit que si je le trouvais à mon goût je n'avais qu'à en faire mon affaire, quand tu sais très bien que je ne fais mon « affaire » de rien ni de personne, jamais.

Cet homme est beau, intelligent, et de plus il te tient tête, ma despote chérie. Peu importe la couleur de la voiture pourvu qu'elle soit blanche, n'est-ce pas ? C'est pour ça qu'il te dure encore un peu ?

J'aurais tant voulu que Samuel ait la liberté de décider si je lui plaisais, moi, comme il me plaît, mais visiblement tu en as disposé autrement. Je te souhaite juste que ce ne soit pas qu'un caprice.

Tu sais que je ne t'en veux pas. Mais ne m'en veux pas non plus si je reste loin de toi, de vous, dans les jours qui viennent.

Clotilde

Fosca,

Je ne veux pas te faire du mal. C'est la dernière chose que je veux.

Je désire Clotilde, mais je ne veux pas te perdre.

Il y a plusieurs sortes d'amour, nous le savons, nous deux. C'est même toi qui me l'as appris : « Le tout, c'est de savoir faire la différence... »

Clotilde vit sur une autre planète que celle où nous vivons toi et moi. La distance qui me sépare d'elle s'appelle désir. Et le désir est un abîme.

Ne me boude pas, ne me quitte pas. Je dirais même, si je n'avais peur que tu prennes ça pour du cynisme, ne nous quitte pas.

Samuel

Les yeux me piquent à force de déchiffrer. Couchée à plat ventre sur le tapis de la chambre de Fosca, je renifle ces feuilles, mais elles ne sentent plus rien, même plus l'encre, à peine le papier.

Je me fais un autre café noir que je vais boire sous le marronnier, puis je rentre, le cahier de Fosca à la main.

Carnet

Paris, 2 janvier 1954. L'année a très bien commencé. J'ai bu un peu trop de champagne, et j'ai un peu trop embrassé un garçon qui me plaît un peu trop.

6 janvier. À propos de la conversation d'aujourd'hui avec Clo : c'est vrai qu'il y a quelque chose de quémandeur chez les femmes. Elles se traînent aux pieds des hommes. Elles veulent de l'amour et de la sensualité : mais, le savent-ils, l'amour et le sexe, c'est la même chose pour nous, les femmes. Nous ne le leur disons pas, pour ne pas les effrayer. Mais au fond, c'est un piège honnête.

2 février. Comme lui, je n'aime qu'une chose : m'appartenir. Mais, au contraire de lui, je ne connais pas l'état de manque. Il ne me manque pas, parce qu'il ne m'appartient pas. Mais ça, les hommes peuvent-ils le comprendre ? Nous avons entamé, Sam et moi, une liaison où nous sommes, tour à tour, l'objet et le sujet sensuel de l'autre. Au moment où pour lui, pour moi, une censure quelconque interviendrait, un château s'écroulerait.

C'est facile de préserver notre histoire, parce que entre nous il n'y a pas d'exclusivité.

3 février. Les troubles et même les chagrins sont les bienvenus, et les manques et les larmes, c'est seulement la vie qui jaillit, qui gicle et qui fuse, qui rebondit, s'amuse et éclabousse, et il ne reste plus qu'à ouvrir les mains, fermer les yeux, et se mouiller.

Parce que, sans y croire, j'y crois. Comme tous, comme personne. Je t'aime, je te jure que je t'aime. Ma douceur, qu'est-ce que je ne ferais pas pour toi... une seule chose : renoncer à ma liberté intérieure, amère et nécessaire.

12 avril. Je ne suis pas une perverse. Je ne tire aucun plaisir de tout ça. Cet homme est d'une simplicité alarmante, gourmand comme savent l'être les hommes. Il veut une épouse rassurante et une amie excitante, et une corde au cou qui ne soit pas trop serrée, comme celle des chèvres qui ont juste assez d'espace pour tourner autour de leur piquet.

On aime des attardés, avec notre instinct maternel détourné et perverti, notre aptitude à l'attente. J'aime Clotilde, je la connais. J'aime Clotilde, et je la déteste parfois. Je connais son vide, elle a besoin d'un autre pour exister. Clotilde ne va nulle part, et Samuel serait bien capable de la suivre.

Ma solitude est ce que je préfère, ce que je choisis. Et je ne veux pas changer cela. Mais je ne veux pas perdre Samuel.

13 avril. Ça va comme ça, même si ça ne va pas. La vie va si vite et on ne peut jamais savoir combien de temps il nous reste, et en attendant on perd, on gagne, et on ne sait pas quoi.

J'ai lu dans le journal le billet qu'a laissé cet écrivain italien avant de se suicider : « Je pardonne à tout le monde, et que tout le monde me pardonne. *Va bene ?* » Ce *va bene* me fait pleurer, même si je n'ai besoin de personne pour pleurer : je suis la championne des larmes solitaires. Pour moi, qui sautais d'un rocher à l'autre sans regarder en bas, l'attrait du précipice est féroce. Je n'ai aucune complaisance pour les idées noires. Mais depuis que j'ai choisi d'être seule je dois compter sur le fait de ne jamais rejeter la faute sur d'autres que sur moi-même.

14 avril. L'amour pour l'amour, donc. Juste ça, rien de plus, rien de moins, l'adversaire d'aujourd'hui est l'amant d'hier et l'amant de demain. La joie de notre plaisir se transforme en remords, alors que je ne voudrais que l'aisance fraternelle.

15 avril, bois de Vincennes. La surface de l'étang est douce, sombre où les feuilles cachent le soleil dans l'eau. Premières hirondelles. Elles passent au-dessus de ma tête sans crier, j'entends juste un « schwss schwss » d'ailes fendant l'air. Si je meurs maintenant, que Dieu ait pitié de mon engourdissement et de ma stupidité. Qu'Il me fasse hirondelle.

16 avril. Nuit avec Sam. Je suis partie à l'aube, à pied. Paris désert, et dans l'air l'odeur de la pluie qui était tombée un peu plus tôt. Des merles sifflaient. Je me sentais légère, comme délivrée. Sans culpabilité.

Lorsque je suis heureuse, je ne me sens jamais coupable.

17 avril. Dîner à la maison. Clotilde et Sam, Marie et Léo, Philippe... et moi. Camaraderie, rires et tendresse. Sam très beau, ses cheveux un peu longs lui tombaient sur les yeux allumés par la chaleur et le vin ; il était drôle et magnifique et Clotilde le couvait du regard ; elle était émouvante, zézayante, et belle. Avec un petit rire nouveau, un rire de gorge qui s'arrête au milieu.

Et moi ?

Oh ! moi...

[Billet non envoyé]

Samuel,

Je vais te dire ce que je sais : quand on tombe amoureux ça dure quoi, deux ans, trois ans peut-être, et après il y a autre chose qui prend la place de la fièvre, de la soif, du besoin de l'autre. Protège Clotilde de cela – et de nous deux.

19 avril. Thé avec Marie, puis dispute avec Sam. Il est parti en claquant la porte, et après il m'a envoyé des fleurs. Désemparée.

29 avril. Hier soir cinéma, pas envie de rester encore un soir à la maison, à faire semblant de lire. Vu *Boulevard du Crépuscule* de Billy Wilder, avec William Holden et Gloria Swanson. Si les défauts qu'on a,

jeune, sont amplifiés par la vieillesse, pourquoi pas les qualités ? Est-il possible qu'on devienne vieux sans devenir plus sage, ne serait-ce que par la force des choses ? Même un chat, animal réticent à obéir, finit par apprendre le mot « non ». On est à quatorze ans comme à quatre-vingt-dix, juste un peu plus risible de ne pas avoir compris. L'âge devrait vous obliger à sortir le meilleur de vous-même. Cela se prépare tôt. Cela se prépare maintenant.

[Lettre non envoyée]

Sam chéri,

Tu sais bien t'y prendre, dis-moi, pour me quitter alors que tu me gardes. Clo est mon amie, tu es mon amant, c'est désespérant de banalité, usé à en pleurer, mais Dieu fasse que nous n'ayons pas à répondre trop cruellement de tout cela.

30 avril 1954. Je suis née il y a trente-sept ans. Je ne me sens ni jeune ni vieille. Parfois le matin je regarde mon visage dans un miroir et je me félicite qu'il n'ait pas changé ; je le trouve seulement un peu fatigué. Mais ces marques de fatigue ne s'effacent pas, ne s'effaceront plus, et c'est ça qui, invinciblement, fait de mon visage ce qu'il sera dans la vieillesse.

Invité ce soir Clo et Sam : nous ne serons que tous les trois. Je veux me faire un cadeau, car nous nous aimons, tous les trois, un peu trop bien pour nous aimer proprement.

30 avril Nuit. Voilà, c'est fait. Mais je me couche, je suis fourbue.

1er mai. Enfin l'aube. Je n'ai pas beaucoup dormi cette nuit, brûlure des sens, brûlure du manque – déjà !

Hier soir, c'est de Clo que je me sentais le plus proche, et pas de cet homme brun, si tranquillement dangereux pour toutes les deux. Un homme qui ne se décide pas parce que, au fond, il ne croit pas qu'il lui faille se décider. Un homme qui veut tout, et qui sait qu'il peut l'obtenir, avec de la patience, des silences, des amnésies convenables.

Clo et moi, nous sommes égales en cela : nous lui sommes fidèles, alors que lui ne nous est fidèle que dans la constance de son désir.

Je sais que Sam aime ma cordialité bienveillante, mon impudeur au lit. Je sais aussi que Clotilde est un défi pour lui, avec son impassibilité de lac rompue parfois par un soupir. Il s'en fallait de peu, cette nuit, pour que cela se termine comme ça s'est déjà terminé d'autres fois avec Clo.

Quand Samuel a mis sa main sur ma cuisse, je l'ai enlevée, je l'ai posée sur la main de Clotilde, et je me suis esquivée. Ça n'a pas été plus difficile que ça.

Je ne voulais pas de moiteur avec eux deux, pas de réveil tendre et embarrassé, pas de demi-mesure. J'aime Sam, Clotilde l'aime aussi, tant pis, tant mieux.

3 mai 1954. « Il avait ce défaut, commun, je crois, à nombre d'aviateurs, et qui devient chez eux une sorte

de *déformation professionnelle* : la vie ne prenait pour lui sa parfaite saveur que risquée. Ne lui convenait aucun bonheur *tout fait* ; et rien ne lui paraissant à sa taille, qu'un héroïsme sans cesse entretenu. Il s'était, maintes fois, déjà, tiré comme miraculeusement de périlleuses aventures ; en avait pris goût, au point de ne pouvoir plus s'en passer. » André Gide, *Saint-Exupéry*, extrait lu dans *L'Observateur* aujourd'hui : voilà comment un homme parle d'un autre homme.

Nous ne leur sommes, nous, les femmes, qu'un secret presque honteux. Même si c'est à nous qu'ils confient ce qui les pousse à l'héroïsme, à l'aventure, à la découverte – à la mort.

Ils partent à l'assaut du ciel comme des insectes audacieux. Ils volent de plus en plus haut, jusqu'à ce qu'on ne les voie plus. On dirait que leur fer de lance, ce autour de quoi ils tournent – et nous tournons, aussi, je ne me fais pas trop d'illusions là-dessus –, ne leur est jamais assez.

À nous la partie immergée de leur cœur.

Peut-être est-ce plus reposant, en effet, qu'ils aillent se perdre dans les nuages au ciel, qu'ils meurent de soif dans le désert, qu'ils servent de pâture aux tortues de l'autre côté de la terre, plutôt que de rester avec nous, trop rondes, trop stables. Inconcevables. Insupportables.

Je connais une femme dont un alpiniste est tombé fou amoureux. Ils se sont mariés, ils ont eu deux enfants. À chaque départ, elle peste, pleure, menace, le quitte, retourne chez son père. Il revient toujours, et elle lui revient, aussi. Qui, d'elle ou de lui, est le plus fou ? S'il abandonnait la montagne, elle ne l'aimerait plus. S'il abandonnait la montagne, il ne l'aimerait plus. L'amour n'est donc que dans la distance qui nous sépare ? Le désir n'est-il qu'abîme, comme le dit Samuel ?

19 mai. Hier soir, Marie et moi étions conviées à dîner chez Philippe, qui voulait nous présenter son amant du moment.

À la fin du dîner on a eu droit à une petite scène assez drôle : Jacques – c'est le nom du béguin de Philippe – se tortillait en miaulant d'une voix de fausset :

« Ma puce, n'est-ce pas que je suis mignon ? »

Il appelle Philippe ma puce ! Marie et moi on s'est regardées, si proches du fou rire qu'on en avait les larmes aux yeux. J'ai levé la tête dans l'espoir de ne pas exploser, mais Marie a fait la même chose, ce qui fait qu'on s'est retrouvées toutes les deux à regarder le plafond, la bouche ouverte.

Grand moment de félicité, et qui m'a fait oublier mes propres mélancolies.

Clo et Sam se terrent.

25 mai. « Si je le contrains malgré lui, j'aurai un âne et non un homme, puisque ce ne sera ni volontiers, ni de lui-même, qu'il reviendra à moi. Et qu'ai-je à faire d'ânes et de bœufs ? Vais-je donner mon Royaume à des ânes ? » Bernard de Clairvaux (Sermons divers, 29, 2. 3).

Sommes tous allés aider Philippe à ouvrir son château près de Milly-la-Forêt pour la saison. Nous avons pique-niqué « à la fortune du pot », expression qui nous a fait rire comme des gamins, même si je ne sais toujours pas pourquoi. Feu de bois et vin rouge qui tache bu dans les verres en cristal de la grand-mère archiduchesse ou je ne sais quoi de Philippe.

Puis je suis partie me balader. Sam m'a suivie et embrassée. Je l'ai arrêté en lui mettant la main sur sa bouche.

Dans la voiture qui nous ramenait à Paris, nous avons vu une biche, éblouie devant les phares. C'était une journée toute simple. Mais c'est l'une de celles dont je voudrais avoir le temps de me souvenir quand ma dernière heure sonnera, pour regretter encore plus de m'en aller de la vie, cette vie que j'aime parfois à en pleurer de bonheur.

Je bois une gorgée de mon café, déjà froid. Fosca, donc : « Mentalement juchée sur des talons aiguilles, et qui ne cède pas un millimètre de frivolité à [son] intelligence. » J'ai lu ça sur un billet sans date et sans signature, tombé du carnet, et dont je n'ai pas reconnu l'écriture.

That's amore

Paris, 19 juin 1954. C'est décidé : Marie, Léo et les enfants en vacances avec moi en Toscane. Les autres, eh bien, où ils veulent.

J'ai envie de parler italien, de manger du pain aux tomates, à l'huile d'olive et à l'ail, sans personne pour me faire la moue après un baiser... sans maître qui marche lourdement dans la chambre pour me faire comprendre, pas à pas, qu'il m'attend, sans serrements de cœur, sans spasmes, sans grandes joies ni grandes tristesses. Je suis fatiguée de tout, de Paris, de Samuel, de Clotilde, de moi-même. Je suis fatiguée de ce cœur qui bat dans ma poitrine, si fort qu'il me réveille la nuit. Je suis fatiguée de la calme exultation de mon amie, du ronronnement de celui qui, il y a peu de temps encore, me serrait contre lui en murmurant à mon oreille : « Jamais, non, jamais. » Jamais quoi, mon inconstant, mon volage, mon parjure ? Jamais tu n'as eu, ou jamais tu n'auras ? Jamais plus, ou jamais avant ?

22 juin. Hier, anniversaire de Samuel. Il ne pouvait qu'être né un 21 juin, le jour où tout finit parce que tout commence, cet enfant de... des lumières et des ténèbres.

Nous l'avons dignement fêté chez Philippe, à Milly, dans la maison qui a retrouvé son sérieux après la récréation de la dernière fois.

J'ai préféré notre dernier pique-nique d'enfants dissipés à cette espèce de couronnement du roi et de la reine – ça y est, le couple Sam-Clo est consacré, et j'ai souri comme les autres quand il a éteint ses trente-deux bougies en fermant les yeux pour faire un vœu.

Torrenieri, 29 juin. Léo, Marie, les enfants et moi sommes en Toscane. Nous nous installons. La maison est jolie, et la campagne autour de Sienne somptueuse, et moi... Je me dis et je me répète que je ne peux m'en prendre qu'à moi-même. Je n'ai pas voulu lutter, je n'ai rien voulu de ce qu'il aurait pu m'offrir – de peur qu'il ne me l'offre pas ? C'est moi, d'abord, qui n'ai pas réellement voulu de lui. Pas comme une femme doit vouloir un homme. C'est moi qui ai forcé l'allure, faussé le pas, en lui proposant ce qu'il ne pouvait pas, en fin de compte, ne pas prendre – et rien d'autre. J'ai joué à l'idiote et j'ai gagné.

Torrenieri, 19 août. « D'un fagot d'épines, qui peut dire laquelle m'a blessée ? » Il pleut depuis vingt-quatre heures. Mauvaise journée, les enfants sont capricieux, Marie ne dit rien et erre comme une âme en peine, Léo est reparti pour Paris assister à l'enterrement de Jouvet. À chaque grosse pluie on se dit que l'été est fini, mais ici, ce n'est pas Paris, demain peut-être il fera beau, demain les enfants joueront dans la lavande, demain mon cœur retrouvera l'assoupissement des derniers temps, demain...

Torrenieri, 19 août, soir. Marie m'a remis au dîner une lettre qu'on avait oublié de me donner ce matin. C'est Clotilde, folle de bonheur : elle attend un enfant. L'enfant de Sam. Ses yeux, les cheveux de Clo, la bouche de Sam, les oreilles de Clo... un bout de pain frais à croquer à belles dents. Ils ont l'intention de se marier à l'automne.

Je demeure stérile et seule parmi les enfants des autres, les amours des autres.

Torrenieri, 20 août, 5 heures du matin. Un rêve : la reine me condamnait à mort. Philippe me disait que, puisque je n'avais pas le courage d'en finir toute seule ni celui d'attendre le bourreau de la reine, il allait, à son grand regret, m'aider à me tuer. Je pleurais sans pouvoir m'arrêter, je me sentais si bien, si au chaud dans ma peau, j'aimais tellement respirer, sentir battre mon cœur dans ma poitrine, et il me fallait bientôt renoncer à cela ; je me disais : on ne peut pas s'habituer à ne pas respirer, à ne pas vivre... on est vivant, et puis on est mort, et entre les deux il y a cette panique du corps qui, lui, n'a pas compris, ne peut pas comprendre.

Et puis la reine, distraitement, a retiré la condamnation qui pesait sur moi, et j'ai pu continuer de vivre.

Torrenieri, 20 août. Philippe réclame notre présence dans sa villa à la mer.

Marie et moi, nous n'avons pas hésité : nous avons bouclé nos valises et les malles des enfants, fait un grand ménage en chantant, donné congé à la cuisinière et à la femme de chambre. Si on ne change pas en dedans, du moins peut-on encore changer de décor.

23 août. Crochet par Paris, la maison endormie, le marronnier avec le bord des feuilles roussi et recro-

quevillé. Il fait chaud comme il ne peut faire chaud qu'en ville, une chape de brume qui ne sent pas bon ; les gens, exténués, se traînent au Luxembourg. Les jardins, si frais d'habitude, ont l'air d'une vieille actrice trop fardée.

Repartie sans avoir seulement enlevé les toiles qui recouvrent les meubles, sans avoir dérangé mon lit. J'ai préféré mettre des draps sur le canapé du séjour, j'y retrouve moins de souvenirs.

24 août. Nuit dans le train. Mon grand plaisir quand je voyage est d'habiller ma nuit en blanc : un pyjama en coton d'Égypte, des chaussettes en soie, des draps en lin immaculés.

Ça m'a consolée, et j'ai bien dormi.

Saint-Jean-Cap-Ferrat, 25 août. Quelle maison ! et pourtant, en ai-je eu, en ai-je vu, des maisons ! Les grandes baies vitrées ouvrent sur une piscine tout en longueur, enchâssée sur une plate-forme de grosses lattes de bois d'où émergent des rochers, des oliviers et des figuiers.

Devant, juste la belle Méditerranée aux odeurs de sel et de fenouil sauvage, d'algue et de sardine, d'eucalyptus et de résine.

Nous y étions seuls, Philippe et moi. Les autres arriveront plus tard, demain, après-demain. Les autres...

Saint-Jean-Cap-Ferrat, 25 août, nuit. Dîner en tête à tête avec Philippe. La mer a réussi l'exploit de le rendre plus beau, en tout cas moins laid qu'il ne l'est normalement. Il respire la sérénité de l'homme secret et sec, dont les tentations intimes sont frustrées depuis trop longtemps pour ne pas lui être une habitude. Il sait ce dont il a besoin, et il supporte de ne pas l'avoir.

Plutôt qu'avoir ce qu'il ne désire pas, il préfère ne rien avoir. Comme moi.

Notre conversation de ce soir me hante, m'empêche de dormir.

« Vous l'aimez toujours, Fosca ?

– Je... non, ce n'est pas... oui, je l'aime toujours.

– Vous le lui avez dit ?

– Non. Et puis... ce n'est pas encore officiel, Philippe, mais voilà : Clotilde... et lui... attendent un enfant.

– Ma chère Fosca, que je sache, cela ne modifie pas les sentiments, un enfant... pas les vôtres, en tout cas. Vous le lui aviez dit, avant, que vous l'aimiez ?

– Non, c'était trop tôt... et puis tout d'un coup, ç'a été trop tard.

– Vous pouvez crever, alors, ma chère amie. Comme moi, la gueule ouverte.

– Comme vous, Philippe ?

– L'orgueil est une tare d'homme qui ne comprend rien. Ce n'est pas digne d'une femme, enfin, d'une femme comme vous. Quand on aime, on peut, on doit se traîner aux pieds de l'autre. Quand on aime, on n'a pas le droit de ne pas le crier aux oreilles de l'autre, des fois qu'il ne comprendrait pas... Croyez-vous que l'on trouve de l'amour à chaque coin de rue ?

– Mais lui, Philippe, lui... pourquoi n'a-t-il rien dit ? Pourquoi s'est-il laissé faire ?

– Peut-être parce que vous êtes très convaincante ? peut-être parce que vous l'avez convaincu ? Je me permets de vous dire que vous avez été plus bête qu'un homme. Sans vouloir vous offenser, bien entendu. »

La messe était dite.

Saint-Jean-Cap-Ferrat, 26 août. Est-ce que je comprends seulement maintenant que je l'ai perdu ? Est-ce que je commence seulement à comprendre ce que j'ai perdu ?

L'haleine fraîche du lézard

Je me suis endormie en lisant le cahier de Fosca. J'ai mal partout. Je me suis réveillée la langue comme un bout de moquette. Pendant mon rêve j'ai découvert où vont les vagues quand elles meurent sur la grève et la flamme d'une bougie quand on la souffle. Où vont les vieilles chansons dont on a oublié le refrain. Les baskets dépareillées et toutes les chaussettes qu'on perd dans la machine à laver. Où vont les amours impossibles et aussi les amours vécues et finies. Les baisers non donnés. Les caresses et les regards incompris. Les dents de lait des enfants. Les mots doux écrits au petit matin. La trahison d'un ami. Et plein d'autres choses inexplicables, les mails partis et jamais reçus. Les pensées qu'on est tout près d'attraper et qu'on n'attrape pas. Ces images juste avant de s'endormir. Ces boucles d'oreilles que ma mère m'avait données. D'où est sortie cette voiture qui a tué sur le coup le seul chat que j'aie aimé dans ma vie, Mitzi la douce. Je ne vais pas continuer la liste, bien trop longue : toutes ces choses vont dans la tanière de l'ogre, un ogre qui ne fait pas peur, mais qui le devrait pourtant. C'est chez lui la brèche, la fissure du monde, c'est lui l'éboueur, ce personnage grotesque qui régule l'univers, le patron con du chaos.

Dehors, c'est l'aube.

J'ai encore le temps de lire avant que la journée commence.

« Mais si c'est amour,
qu'est-ce, et de quelle sorte ? »

Saint-Jean-Cap-Ferrat, 27 août. Ils sont tous là. Bain, bronzage, tente blanche sur la plage, sieste, bain, bronzage, sangria au port, premier dîner, silence sous les étoiles, plus brillantes encore que les larmes que je ne pleure pas. J'ai tout le temps l'impression d'avoir nagé sous l'eau, d'avoir renversé la tête sous l'eau sans m'être bouché les narines.

Saint-Jean-Cap-Ferrat, 28 août. Je regardais le ciel ce soir, allongée sur une chaise longue, pendant que les autres étaient partis danser sur le port. J'ai prétexté mes *blue days* pour pouvoir rester à la maison, ce qui arrangeait tout le monde... à cause des enfants, disons...

« Je t'aimerai depuis toujours » : le petit Lucas, le fils aîné de Marie, est venu dans mes bras et m'a susurré à l'oreille cette formule définitive de l'amour. Et à cause de ça, et à cause du poids d'un enfant que je n'ai pas eu, et d'un amour que je n'ai pas voulu reconnaître, j'ai pu pleurer dans ses cheveux blonds toutes les larmes rentrées depuis longtemps.

Saint-Jean-Cap-Ferrat, 29 août. Au port ce matin très tôt. Tout le monde dort encore dans la maison, mais moi, je ne pouvais rester dans la chambre une seconde de plus. J'ai une pierre dans la poitrine, si j'allais nager elle m'emporterait au fond, tout au fond de la mer. Grâce à mon rêve de l'autre soir, je sais qu'il doit y avoir quelques instants d'immense peur, d'immense réticence à mourir. Il doit y avoir aussi un instant où on lâche prise. Et, je l'espère, une douceur infinie lorsqu'on comprend qu'on n'y peut rien.

Mais je n'ai pas envie de mourir. J'ai envie d'un verre de vin blanc, même s'il est sept heures du matin.

Je n'ai pas bu un verre de vin blanc. J'en ai bu trois. À neuf heures, il était là, assis à la table avec moi, à lire les journaux et à boire son café, avec moi. Il m'apportait les nouvelles : Clotilde s'est levée aussi, elle a eu une vague nausée et s'est recouchée. Le reste de la maisonnée ronronne encore dans les brumes du matin. Sam ne me regardait pas : le nez au vent, la mèche sur l'œil, comme un chien sur une moto, il humait la mer.

144

Sa chemise ouverte sur la poitrine lui donnait l'air bonhomme du pirate qui n'est pas en train de faire du mal. Ses yeux ont verdi depuis qu'il est là.

Nous sommes allés à la plage de la Mala. Nous avons enlevé nos vêtements, posément, l'un en face de l'autre pour la première fois depuis longtemps. Nous les avons pliés, avec un malin plaisir. Il a poussé dans les vagues le petit *gozzo* vert pâle de Philippe. Quand nous avons été assez loin pour ne pas être aperçus du rivage – de la maison, plutôt – il a jeté l'ancre et s'est levé, faisant tanguer la barque. Je me suis levée aussi, debout face à lui pendant deux longues secondes, puis j'ai plongé sans une éclaboussure. Ce fut le plongeon le plus admirable de toute ma vie.

Nous avons nagé longtemps côte à côte.

Sam m'a donné la main pour me faire remonter. Silencieux, nous avons grillé la première cigarette de la journée. Sans un geste équivoque, sans un sourire en coin ; comme deux bons camarades. Je savais, moi, qu'on se donnait en spectacle à quelqu'un qui n'était pas là, mais qui nous regardait, de loin, derrière ses paupières closes.

Le soleil était déjà haut quand nous avons songé à revenir. Sam a tiré l'ancre, mais elle était encastrée dans les rochers. Cela nous a pris plus d'une heure et de nombreuses immersions pour la décoincer.

Nous sommes rentrés en sueur, tout le monde était déjà assis à la table du déjeuner. Personne n'a rien dit, Marie m'a regardée avec des yeux sévères, j'ai couru prendre une douche, honteuse de quelque chose qui n'avait pas eu lieu.

30 août. Il ne s'est rien passé, Dieu merci. Sam a sans doute rassuré Clo avec ses méthodes redoutables.

1er septembre... déjà ! et un été qui n'en finit pas après un trop court printemps. Ce matin encore je me suis retrouvée les yeux grands ouverts dans le silence rompu par les vagues douces qui viennent lécher la plage, en contrebas. Je suis descendue me faire un café. Des bougainvillées couraient sous mes pieds, et il y avait dans l'air un parfum d'amande. Souvent les odeurs me font frémir d'un bonheur fou, sans autre raison que celle du plaisir physique immédiat. Le corps est, chez moi, plus fort que tout le reste. Mes bonheurs sans raison foudroient même ma tristesse.

Saint-Jean-Cap-Ferrat, 2 septembre. « Ma petite voisine de plage, c'est toujours difficile de s'ouvrir, toujours plus difficile, et mon sourire se fait plus rare ces temps-ci... mais je suis heureuse pour toi et pour Sam.

« J'entends toutefois en te voyant passer devant moi, tranquille et lointaine, une petite musique du passé qui s'estompe. Une petite musique qui, pour moi, dure encore. Je le reconnais, elle me fait du bien, et du mal aussi.

« Maintenant un homme mérite ta confiance, et, tu le sais, un peu mon regret. Tu n'as rien à craindre de ce regret-là, je voulais juste te le dire, en t'embrassant

146

avec tendresse. » J'ai écrit ce petit mot pour Clotilde, mais je sais que je ne le lui donnerai pas, car elle est si distante que j'ai l'impression de ne jamais l'avoir connue.

3 septembre. Nous avons marché sur des oursins. J'ai passé la matinée à extraire les piquants noirs et épais des pieds de chacun. Parce que, paraît-il, je suis celle qui le fait le mieux.

Samuel est le seul qui n'a pas voulu de mes soins. Il marche de travers, en crabe, et fait comme si de rien n'était. Je l'attends en affûtant ma lame.

À l'heure de la sieste, pendant que tout le monde dormait dans un vacarme assourdissant de cigales, il est venu me demander mon avis sur son épine dans le pied. Je lui ai dit que, d'après mon expérience, ça allait gonfler, puis l'empêcher de marcher, et peut-être même provoquer une infection, voire une septicémie. Il est reparti clopin-clopant, fâché, son épine toujours dans le pied.

Saint-Jean-Cap-Ferrat, 4 septembre, soir. L'haleine de la mer balance un bateau suspendu dans le lait, pas déjà vague, pas encore ciel.

6 septembre. À genoux entre ses jambes, je caresse docilement son pied de mon épaule, de mon cou, de ma joue. Ma main s'égare sur sa rotule de pur-sang, puis sur sa hanche, où il a ce pli qu'ont les très belles sculptures dans les jardins d'Hadrien, là-bas, à Tivoli,

147

et, comme ces hommes changés en pierre, l'homme que j'ai entre les mains est figé, immobile, à l'écoute d'un son qui ne vient d'autre part que de sa gorge, sorte de feulement de chat grondeur, sauvage.

Il la trompe à nouveau, il la trompe déjà, avec des délicatesses de futur mari. Je suis révoltée pour Clotilde et pour moi. En la trompant avec moi, c'est comme s'il me trompait, moi.

Désolée pour cette interruption, mais c'est un cas de force majeure

À huit heures moins dix, la sonnette de la porte d'entrée. Olivier, mon jardinier poète, une cigarette au bec et un chien en laisse.

Il a fallu donner à boire au chien, et abandonner ma bouche à Olivier, qui ne m'a même pas parlé. Il m'a juste soulevée dans ses bras, puis il a fermé la porte de la cuisine avec le pied et déposée sur le canapé du séjour.

Le reste est off.

Le crépuscule est vert sauterelle.

Je suis sortie de la chambre sur la pointe des pieds, pour ne pas le déranger. Sur la table de la cuisine, il avait déposé un rouleau pour moi, un projet d'architecte ou un grand poster. Je m'empêtre dans les lacets qui l'entourent, maladroite et impatiente. C'est une grande photo qui représente un jardin dans l'ombre. Un rayon de soleil balaie la pointe d'un pin d'Alep.

Un poème japonais est tracé sur le plan d'eau, avec une pointe sèche couleur terre de Sienne brûlée.

Nuages compatissants / Pour ce ciel / La lune brille trop fort.

Il me reste encore quelque chose à faire.

L'heure des dauphins

Olivier dort. Je suis dans la chambre de Fosca, je regarde ses affaires éparses, ses carnets, ses photos.

Fosca et ses vies, comme les pelures d'un oignon. Fosca, *serial lover*. Peur sang-froid rage résignation ingénuité et calcul. Tant d'amour.

Les oignons n'ont pas de noyau.

Paris, 7 octobre. Clotilde et Sam se sont mariés hier dans une grande église vide, tout seuls devant un curé un peu impatient, Sam en chemise blanche, veste et pantalon noirs, cravate noire, Clotilde en robe blanche ample, couverte d'un long voile opaque et serré.

Je ne l'ai su que par hasard, et je suis arrivée un peu en retard à la cérémonie. Je suis restée au fond de l'église. Ils ne se sont pas retournés une seule fois.

Dehors, j'ai été éblouie par un soleil froid. Marie et Philippe étaient sur le seuil de l'église. Eux aussi l'avaient su « par hasard ». Ils m'ont escortée jusqu'à La Coupole. À une table du fond, nous avons bu avec persévérance. Philippe et Clotilde ont mangé quatre douzaines d'huîtres ; il pouvait être trois ou quatre heures du matin quand les garçons de salle nous ont chassés.

Marie m'a mise au lit. J'ai dormi. Elle était encore là ce matin, affalée dans le fauteuil du salon. Elle s'est réveillée pendant que j'essayais de faire du café, et m'a regardée d'une très étrange manière. Ensuite elle m'a serrée sur son cœur, et elle est partie s'occuper des enfants.

Ils se sont mariés, donc. Qu'est-ce que ça change ?

Quelques pages blanches, barrées, et des dates sans commentaires. Le carnet recommence en septembre 1955.

Nul pas n'écrasait les tapis dans les chambres, nulle latte ne craquait, nous n'étions que Samuel et moi, comme la mer qui recommence toujours, et la soif de tous ces mois, de tous ces jours, de toutes ces heures l'un sans l'autre ne s'est jamais étanchée.

Les cigales se sont tues mais c'est encore l'été, Seigneur, cet été qui a tant duré et qui dure encore.

Encore une page blanche.

Paris, décembre 1956. Samuel est parti. Il revenait du travail, une bouteille de vin à la main, son cartable de garçon diligent dans l'autre, son imperméable et un parapluie pendus au bras, le chapeau qui s'envolait retenu au dernier instant. Il allait traverser la rue, il a regardé à droite et à gauche, mais il pleuvait si fort ce soir de novembre, et à droite une voiture est arrivée trop vite, oh, il pleuvait si fort ce soir de novembre, la femme qui conduisait n'a pas vu cette silhouette sombre, un homme c'est trop fragile, quelques os cinq litres de sang deux mètres de peau, cheveux drus dans des yeux brillants, yeux d'homme qui aime, yeux d'homme aimé, et qui ne voient pas cette voiture à droite qui arrive trop vite, il pleut et puis c'est fini.

Paris, janvier 1957. Que disait Philippe ? Que nous n'avons pas le droit de ne pas crier notre amour à ceux que nous aimons, des fois qu'ils ne nous entendraient pas...

Oh, il nous a bien entendues, Clotilde et moi, qui avons partagé cet homme comme des louves soupçonneuses, qui l'avons gardé contre toutes les autres, dans le territoire bienheureux où nous l'avons enfermé. Lui avons-nous tissé des jours pacifiques et de belles nuits, des étés aux rires hauts et aux danses sur la plage, des hivers douillets avec des cadeaux sous le sapin, des dîners charmants, de jolis flacons pour s'enivrer quand les pluies parisiennes s'éternisaient au mois d'avril... ! Sa vie a été notre vie. Chacun de nous, au fond, a eu ce qu'il voulait : Clotilde son enfant et ses journées sans secousses, moi, mes frissons et ma liberté, et lui... lui, tout ce que veulent les hommes : être gardé par les femmes qui l'aiment, ne pas être obligé de partir à la guerre, sur l'Himalaya, sur la Lune, au diable enfin, pour nous fuir. On n'était pas de trop, Clotilde et moi, pour être avec lui... contre lui.

151

Mon Sam, ta dernière cruauté, de toutes tes tendres cruautés, fut de me quitter alors que je vivais dans l'écume de tes nuits, submergée dans ton eau, perdue encore dans le sombre gouffre de tes bras.

T'en ai-je voulu de ta lenteur... je ne voulais qu'autant de lenteur ; je vivais dans ton souffle et dans ta chaleur, dans l'attente de tes doigts papillons. Mes yeux s'éteignaient sur un monde en velours rouge.

J'avais avec toi la certitude du plaisir. L'orgueil du plaisir.

J'aimerais pouvoir dire que j'ai pleuré quand nous avons fait l'amour pour la dernière fois. J'aimerais pouvoir me souvenir du dernier baiser. Mais nous vivons dans des chambres voilées, et nous ne savons rien à l'avance, et pas grand-chose après.

Je tourne la page, mais elle est blanche, comme toutes les autres désormais.

J'ai trouvé un faire-part des obsèques de Clotilde, en 1958.

À six ans, la fille de Samuel et Clotilde était donc déjà seule au monde. Elle s'appelait Pauline.

Comme ma mère.

My blue bloody girl

Marie est passée en coup de vent – au débotté, comme elle dit. Je lui ai présenté Olivier, qui était en train de couper les plus vieilles branches du rosier, celui qui se dessèche un peu autour de la porte d'entrée.

Elle lui a lancé un regard de fine connaisseuse, amusé et gentil. Il a fait semblant de ne pas s'en apercevoir, mais il s'est rengorgé comme un pigeon.

Tous les trois, on a juste eu le temps d'un Campari orange, l'apéritif préféré de Marie, sous le marronnier, puis Olivier est reparti avec son sécateur et elle, soudain pressée, m'a demandé de lui appeler un taxi. J'ai attrapé son bras alors qu'elle s'engouffrait pour entrer dans la voiture et je lui ai posé ma question.

« Marie, Fosca avait rendez-vous avec qui, à Venise ?

– Avec toi, Constance.

– Pourquoi pas avec ma mère ? »

Sa réponse est un couperet.

« Fosca n'a rien pu faire pour Pauline : quand Clotilde est tombée malade, puis a mis un terme à sa vie, Fosca a été impuissante. Elle était seule, et une femme seule ne pouvait pas adopter un enfant. Après, ç'a été trop tard, ta mère avait grandi, elle était partie, elle était perdue. Longtemps introuvable. Ce fut son grand regret et une grande douleur. »

Je me suis réveillée ce matin allongée contre Olivier ; il me parcourait de ses doigts de haut en bas, comme une contrebasse, avec une exquise précision.

Il dort encore. Je me lève. Le chien gémit dans la cuisine, je lui ouvre la porte qui donne sur le jardin. Beaux yeux, rude pelage roux.

Il pue un peu.

À Poulini, mon grand-père,
à mes frères David, Simone, Alessandro.
À ceux qui savent tenir la tête
d'un nouveau-né.
À ceux qui oublient le fusil dans les bois
et reviennent à la caserne
les mains dans les poches.
À ceux qui caressent les chats
(et les chiens).
À ceux qui portent la Vierge en procession.
À ceux qui reviennent sur leurs pas
pour laisser une aumône.
À ceux qui savent dire je t'aime.

REMERCIEMENTS

L'histoire et les personnages sont fictifs. Mais mes amis entreverront certainement, derrière certains voiles, d'autres choses...

Mes remerciements particuliers à Ann Scott, pour sa confiance et son amitié, à Christian Combaz, pour son œil d'aigle et son affection, à René Gast, pour son indulgente tendresse.

J'ai pu travailler dans la paix des maisons qu'on m'a prêtées : alors mille mercis à Anna Maria e Luciano, à GP Cremonini, à Stefania et Alessandro.

Fosca a lu et retenu, parfois presque par cœur, les leçons de ses écrivains préférés ; ainsi, dans sa philosophie de vie, on retrouve l'empereur Hadrien, comme l'a décrit Marguerite Yourcenar. La phrase « je ne vais pas continuer... » est située à la fin de *L'Innommable*, de Samuel Beckett ; elle est redevable de ses « pièces voilées » à Robert Musil.